KB247576

세력자들

INFLUENTIAL FIGURES

세력자들

최성환 장편소설

시장은 결코 혼자 움직이지 않는다

주식시장은 펀더멘털, 모멘텀, 수급에 의해 움직인다. 펀더멘털은 기업의 실적이고, 모멘텀은 계약 체결, 정부 정책, 뉴스 기사 등에서 비롯된다. 수급은 투자자들의 심리와 자금의 방향을 반영한다. 어느 하나가 더 중요하다고 말할 수는 없지만, 금융시장이 성숙할수록 결국 펀더멘털이 중심이 된다.

그런데 우리나라는 어떤가? 코스닥 시장은 이미 세력들의 놀이터가 된 지 오래다. 실적으로 가치를 평가할 수조차 없는 바이오 기업들이 시가총액 상위를 차지하고, 검증되지 않은 기업들이 터무니없이 고평가된 벨류에이션으로 상장하며 시장 전체의 지수를 왜곡하고 있다. 2024년 말 기준 코스닥의 PER은 114.08배, 코스닥 우량주 150의

PER은 240.77배에 달했다.

'기업의 가치를 분석하는 것'이 애널리스트의 역할이라 배웠고, 이를 실행해왔지만 나는 어느 순간부터 스스로에게 묻기 시작했다.

"정말 이 시장은 가치로 움직이는가?"

이 책은 내가 애널리스트로서 직접 경험한, 그리고 더 이상 외면할 수 없었던 '시장 내부의 왜곡과 불균형'에 대한 기록이다. 나는 이 글을 통해 단순히 코스닥 시장의 문제를 지적하려는 것이 아니라, 왜 우리 시장이 제자리를 찾지 못했는지, 그리고 어떻게 하면 코스피 5,000 시대를 향해 나아갈 수 있는지에 대한 근본적 질문을 던지고자 한다.

시장은 스스로를 교정할 힘을 가지고 있다. 다만, 그 힘이 작동하려면, 투명한 제도와 공정한 룰, 그리고 신뢰할 수 있는 기업과 투자자 문화가 전제되어야 한다. 이 책은 바로 그 '시장 본연의 기능'을 회복하기 위한 고찰이자, 대한민국 자본시장이 다시 펀더멘털 중심의 시장으로 도약하기 위한 제언서다.

우리는 무엇을 믿고, 무엇을 두려워하며, 어떠한 선택을 하고 있는가? 이 질문 앞에서 독자 스스로 답을 찾기를 바란다. 그 답이 바로, 우리가 함께 만들어가야 할 코스피 5,000 시대의 첫걸음이 될 것이다.

서울 여의도
애널리스트 최성환

최도진   중소형 증권사 출신의 애널리스트, 국내 최초의 독립리서
치 RM社의 대표이사. 美 NYU STERN MBA 출신. 한국
주식시장의 제도적 문제점을 지적하고 개혁을 주도하는 인
물. 냉철한 분석력과 깊은 정의감을 지님. 권력과 자본이
얽힌 금융 시스템을 바로잡기 위해 노력함. AI 기반의 시스
템 트레이딩을 선보이며 금융 대중화를 선도함.

유정민   이창명 대통령 후보의 핵심 보좌관으로 대선 캠프 전략
을 총괄하며 승리로 이끈 실세. 정무 감각이 탁월하고, 공
적 명분과 메시지를 중시하는 인물로 권력 내부의 이해관
계를 적절히 조율해 나가는 능력을 갖춤. 이창명 당선 이후
대통령 비서실 정책기획비서관으로 임명되며, 권력의 핵심
에서 금융 개혁의 당위성과 방향을 놓고 치열한 판단과 선
택을 이어감. 도진과 사회에서 만난 친구 사이.

이승민   대형 경제지 출신의 증권부 기자로, 날카로운 시선과 끈질긴 취재력을 갖춘 인물. 최도진보다 두 살 많은 선배로, 애널리스트와 기자로서 현장에서 마주치며 인연을 맺음. 권력과 자본의 결탁 구조에 대해 오랜 시간 문제의식을 품고 있었고, 주요 금융 사건을 추적하며 그 실체에 가까이 접근. 냉소적인 유머와 현실감각이 뛰어나지만, 부정에 대해서는 누구보다 예민하게 반응하는 성향.

이태훈   한국거래소 상장심사부 출신, 이후 대형 사모펀드 '파인넥스트 파트너스'의 총괄이사로 자리를 옮기며 민간 투자 영역으로 활동 무대를 넓혔고, 결국 대표이사 자리에까지 오름. 거래소 재직 시절부터 장민혁과 보이지 않는 공조 관계를 유지해 왔으며, 정책과 자본 사이의 틈을 활용해 고수익을 창출해 온 인물. 합법과 불법의 경계를 교묘히 넘나들며 수면 아래에서 시장을 움직여 옴.

장민혁 금융위원회 출신 관료로, 이창명 대통령 후보 캠프에 뒤늦게 합류해 금융정책 기획을 담당. 표면적으로 금융 개혁을 외치지만, 실제로는 이태훈과 함께 금융 시스템을 민간자본 중심으로 재편하려는 이면을 가지고 있음. 계산적이고 현실적인 성향을 가졌으며, 위기가 닥쳤을 때 자신을 지키기 위한 타협과 조율에 능함. 이창명 대통령 당선 후 유정민과의 갈등 본격화.

강민수 과거 M증권 강남센터에서 근무했으며, '파인넥스트 파트너스' 이태훈 대표의 차명계좌 거래 업무를 담당했던 인물. 처음에는 단순한 내부 실무자였지만, 계좌 운용 성과가 비정상적으로 높은 것을 목격하고 개인 자금은 물론 사채까지 얻어 투자를 감행했다가 큰 손실을 입고 몰락. 이후 파인넥스트 파트너스 법무팀의 압박 아래 비밀유지 계약서를 작성하고, 일정 금액의 합의금을 받은 뒤 필리핀으로 출국. 모든 것을 잃고 해외에서 은둔하던 그는, 사건의 진실이 점차 드러나는 가운데 다시 한국으로 돌아올 결심을 하게 됨.

박소은   강민수의 입사 동기이자 과거 연인. 강민수 퇴직 후 그의 후임으로 강남센터에 발령됐으며, 우연한 기회에 CFD(차액결제거래) 계좌 관련 이상 거래 패턴을 확인하게 됨. 이승민이 강민수를 취재하는 과정에서 알게 된 인물로, 이후 주요 단서를 제공하며 사건 전개의 실마리를 쥐게 됨. 내부고발자로서의 양심과 개인적 고민 사이에서 갈등하지만, 결국 진실을 밝히기로 결심하며 사태의 전개를 가속화시킴.

이창명   제21대 대선에서 승리한 대한민국 대통령. 금융시장 개혁과 공정금융을 국정 핵심 과제로 내세운 개혁성향의 정치인. 그는 권력과 자본의 유착이 한국 사회를 병들게 한다는 신념을 갖고 있었지만, 선거 과정에서 실세로 떠오른 일부 인물들이 과거 금융 시스템과 얽혀 있었고, 당선 이후 이 구조를 어떻게 청산할지가 최대 과제로 떠오름. 유정민의 주도 아래 이들과의 결탁 구조를 정리하려는 노력을 보여줌.

남지호   한국은행 금융시장국 팀장. 주가지수 산정의 왜곡 구조를 인식하고 이를 개선하기 위해 도진과 함께 문제를 해결하려는 개혁적인 관료. 시장의 본질적 신뢰를 회복하려는 데 헌신함.

차례

1장
주가지수 5,000포인트 시대

"우리는 주가지수 5,000포인트 시대를 열겠습니다!"

앰프를 울리는 그 외침에 군중은 박수를 쳤고, 기자들은 연신 셔터를 눌러댔다.

마치 진짜로 무언가를 이룰 수 있을 것처럼.

마치 그 숫자가 삶의 수준을 바꿔줄 것처럼.

하지만 나는 알고 있었다. 저 후보는 '주가지수'가 뭔지도 모르고 있다는 것을.

2025년 4월 21일. 금융투자협회에서 야권의 유력 대권 주자, 이창명 후보가 주최한 자본시장 활성화 간담회가 열렸다. 주요 증권사 리서치센터장들이 초청된 자리였지만, 나는 독립리서치 대표 자격으로 참석했다.

나중에 안 사실이지만 원래 초청자 명단에 내 이름은 없었다. 하지만 이창명 후보의 정책보좌관, 유정민의 제안으로 자리를 얻었다. 정민이는 사회생활을 하면서 알게 된 81년생 동갑내기 친구다. 우린 둘 다 SKY 출신이 아니지만 이 자리에 오기까지 흘린 땀의 무게를 잘 알기에, 동질감을 느끼며 빠르게 가까워졌다.

　"도진아 아까 회의에서 한마디 하지 그랬어?"

　정민이는 내게 핀잔을 줬다. 내가 몇 년째 주장하고 있는 한국 주가지수의 왜곡 문제를 왜 오늘 같은 자리에서 말하지 않았냐는 것이다. 하지만 나는 알았다. 그 장소에서 해당 이야기를 꺼낸다는 건— 단순한 '발언'이 아니라 싸움의 시작이라는 것을.

　정민이의 말이 끝나기도 전에 내 머릿속엔 몇 해 전, 뉴욕의 차가운 겨울바람이 스쳐 갔다. 그때 나는 한국 주식 시장에서 벗어나 있었다. 아니, 정확히 말하면 벗어나고 싶었다.

　코로나가 진정되면서 한국 시장에는 '동학개미운동'이라는 이름 아래 개인들이 대거 유입되었고, 광기에 가까운 유동성 장세가 펼쳐졌다. 실적 따위는 중요치 않았다. 거래대금이 몰리는 종목들이 그저 올라가는 전형적인 거품

장세였다.

　나는 코로나 기간 중에 틈틈이 MBA를 가기 위해 준비했다. 학벌에 대한 갈증도 있었지만, 미국에서 선진 금융을 배우고 돌아와야 한다는 나름의 명분도 있었다. 다행히 뉴욕대학교(NYU)에 합격했고, 결단을 내렸다. 독립리서치법인을 잠시 다른 사람에게 맡기고, 나는 가족들과 함께 미국으로 향했다.

　나는 인정받고 싶었다. 지금까지 해온 일도, 지금 하고 있는 일도, 그리고 내가 앞으로 할 일도 제대로 평가받기 위해서는 유학을 다녀오는 것이 좋겠다고 생각했다. NYU STERN MBA, 그곳에서 나는 나보다 유능하고, 훨씬 앞서 있는 친구들을 만났다. 월가에서 펀드를 운용하는 동기들, 퀀트 기반의 자동매매 시스템을 개발하는 친구들, 그리고 기업가치보다는 주가지수의 구조를 해석하던 전문가들. 다행히 50명 남짓한 동기들 가운데 애널리스트는 나 혼자였다. 월가에서 일하는 친구들은 한국 시장에도 관심이 있었고, 가끔씩 그들은 나에게 이런저런 질문을 했다.

　"한국 주식시장은 시가총액은 계속 커지는데, 왜 주가지수는 그대로야?"

　"코스닥은 PER이 왜 이렇게 높아? 코스닥 150 지수의 PER은 200배가 넘던데 어떻게 해석해야 돼?"

"미국 바이오 기업이 한국에 상장한다던데, 상장 요건이 어떻게 다르지?"

처음엔 나도 당황하지 않고 대답했다. 하지만 대화를 이어갈수록, 내 대답은 점점 모호해졌고, 질문은 점점 날카로워졌다. 그제야 깨달았다. 내가 그동안 분석하고 있었던 것은 아시아 작은 국가에 상장된 개별 종목에 불과하다는 것을. 그날 이후, 나는 한국 시장을 전혀 다른 시각으로 보기 시작했다. 종목이 아닌 시장 자체를 분석하기 시작했다.

'미국의 나스닥은 시가총액이 증가한 만큼 지수가 상승하는데, 코스피, 코스닥은 왜 시가총액이 늘어나도 지수는 제자리일까? 코스닥 시장의 PER 수준이 100배가 넘는데 왜 아무도 이를 문제 삼지 않을까? 외국인 투자자들은 왜 9개월 연속 한국 시장에서 매도하고 있는 것일까?'

나는 데이터를 모았다. 상장사 수의 변화, 신규 IPO가 지수에 미치는 영향, 지수와 시가총액 간의 괴리율, 기술특례 상장 기업들의 주가와 실적까지. 결국 하나의 문장으로 정리됐다.

"우리나라 주가지수는 더 이상 시장을 반영하지 못한다."

나는 한국 주가지수의 구조적 문제를 분석하고, 개선방안까지 제시해가며 한국거래소에 공식 질의를 넣었다. 또한 금융위원회와 금융투자협회에도 관련 자료를 제출했다. 하지만 돌아온 건 한국거래소의 황당한 답변뿐이었다. 한국거래소의 주가지수 산정 방법은 글로벌 스탠다드를 지키고 있으며, 지수 심의회의 정기 감사를 받고 있어 문제가 없다는 내용이었다.

그 기억이 머릿속을 스쳐 지나가는 순간, 정민이의 목소리가 다시 현실을 끌어당겼다.

"도진아, 다음 주에 한국은행 기획협력국장 만나는 자리가 있어."

나는 그를 바라봤다.

"기획협력국?"

"그래. 지수 산정 체계랑도 연결될 수 있는 부서지. 너 예전 그 자료… 거기서부터 다시 시작해보자. 후보님도 주식시장에 관심 가지고 계시니까, 권력의 힘으로 다시 부딪쳐 보자고."

그는 진심이었다. 나는 그제서야 오늘 간담회에서 왜 아무 말도 하지 못했는지 깨달았다. 이건 마이크 앞에서 던질 '문제 제기'가 아니라, 책임을 걸고 파고들어야 할 '운명'이었다는 것을. 그리고 나는 다시 시작할 준비가 되어 있었다.

2장
한국은행 세미나

　한국은행 인근에 위치한 양대창 맛집 양미옥에는 늦은 저녁이었지만 사람들로 북적였다. 유정민은 단골 손님 같은 모습으로 능숙하게 주문하고 소맥을 제조하며 말했다.

　"오늘 만나기로 한 기획협력국장은 내가 국회에 처음 들어갔을 때부터 알고 지낸 선배님이셔. 믿을 만한 분이지. 아 저기 오신다. 한국은행에서는 저분 위로 총재, 부총재 정도뿐이 없을걸."

　유정민이 서태균 국장을 향해 큰 소리로 인사했다.

　"안녕하세요. 총재님."

　서태균 국장은 "임마 총재는 무슨" 하며 자리에 앉았다.

　예상보다 젊어 보이고, 말투가 부드러웠다. 그 둘도 오랜만에 만났는지 처음엔 근황 안부 위주로 이야기가 오갔다.

"지수 왜곡 문제라… 흥미롭군요."

서 국장이 고개를 끄덕였다.

"우리 금융시장국에서도 그 얘기가 나오긴 했었는데, 밖에서 이렇게 정리한 분은 처음입니다."

나는 준비해온 요약본을 그에게 건넸다.

「코스피, 코스닥 지수 산정 로직」

「신규 상장기업 고평가가 지수에 미치는 충격」

「금융 선진국 미국, 일본과 다른 주가지수 산정 체계」

그는 페이퍼를 몇 초간 바라보다가 한마디 했다.

"이거 디지털화폐 시범 사업에도 적용할 수 있겠는데요?"

나는 잠시 당황했다.

"CBDC요?"

"그래요. 지금 한국은행도 중앙은행 디지털화폐, CBDC 시범 설계에 들어가 있는 단계입니다. 실시간 결제, 유통 흐름, 자산 분배까지 가능한 디지털 시스템을 만드는 거죠. 그런데 그걸 제대로 설계하려면, 결국 시장이 어떤 구조로 움직이는지 기준점이 필요해요. 그 기준이 뭘까요? 결국은 지수입니다. 시장 전체의 방향, 심리, 가격 반응—. 전통적인 금융 시스템이든, 디지털화폐 기반이든 모두가 지수를 기준으로 '시장의 상태'를 해석하거든요. 그런데 그 지수가 실제 자금 흐름을 왜곡해서 반영한다면, 우린 잘못된 기준으로 정책을 설계하게 되는 거예요."

그는 잠시 자료를 넘기다 멈췄다.

"그래서 당신 자료가 흥미롭다는 겁니다. 그냥 주식시장 얘기가 아니라, 화폐 시스템 전체의 기준점을 건드리는 문제니까요."

자리를 주선한 정민은 흐뭇하게 웃었다.

"그래서 제가 도진이를 꼭 만나보시라 한 거죠."

식사가 끝난 뒤, 우리는 근처 조용한 카페로 자리를 옮겼다. 거기서 우연히 한 사람을 만났고, 서 국장은 반가운 목소리로 인사했다.

"어, 남 팀장. 아까 내가 나오면서 보니까 야근하는 것 같던데, 아직도 퇴근 못 했어? 여기서 만났네. 커피 사러 왔나? 여기는 금융시장국 남지호 팀장."

그는 우리를 소개했고, 잠시 이야기를 나눴다. 서 국장은 내가 준 요약 자료를 남 팀장에게 보여줬다.

남 팀장은 흥미를 느꼈는지 명함을 건네며 말했다.

"이 자료 이메일로 받을 수 있을까요?"

다음 날 아침, 나는 분석 보고서를 보냈다. 그리고 며칠 뒤, 공식적인 연락이 왔다.

"한국은행 금융시장국에서 내부 세미나를 요청드립니다."

세미나 당일, 예상보다 많은 이들이 참석했다. 기획협력국, 금융시장국, 지급결제국 직원들까지 섞여 있었다. 내가 만든 15페이지짜리 PPT 슬라이드가 그렇게 한국은행 세미나룸 스크린을 채웠다.

"안녕하세요. RM리서치 대표 최도진입니다. RM리서치는 우리 주식시장에 처음으로 설립된 독립리서치 법인으로 그 어떤 외부압력 없이 리포트를 작성하기 위해 설립됐습니다. 저희는 제도권 리서치에서 커버하지 않는 중소형주라든지, 시장에 새로운 투자 아이디어 등을 발굴해 고객들에게 구독 서비스를 제공하고 있습니다.

오늘 설명드릴 주가지수 산정 방식의 문제점은 단순히 계산 방식의 오류가 아니라, 시장 전체의 왜곡된 구조에 대한 문제입니다. 우리는 매일 코스피, 코스닥 지수를 통해 그 시장을 진단합니다. 지수는 투자자 심리의 기준이 되고, 심지어 정부 정책의 방향까지도 결정합니다. 그런데 이 지수의 숫자가 실제로 무엇을 반영하고 있는지 질문해 본 적 있으신가요?

우리나라의 코스피, 코스닥 지수는 시가총액 방식을 활

용합니다. 도입 초기 나스닥의 시가총액 산정방식을 차용
했다고 알려져 있습니다. 시가총액 방식은 어렵지 않습니
다. 코스피 시장에 상장된 전체 시가총액의 증가분을 지수
에 반영하면 되는 것입니다."

스크린에는 시가총액 방식과 주가평균 방식의 지수 산
정 체계에 관한 비교 화면이 띄워져 있었다.

구분	시가총액 방식 (Market Cap Weighred)	주가평균 방식 (Price Weighred)
지수 계산 방식	각 종목의 시가총액 비율로 가중 평균	종목 주가의 단순 평균으로 산출
지수 산출 (코스피, 다우존스 예시)	$= \dfrac{\text{비교시점의 시가총액}}{\text{기준시점의 시가총액}} \times 100$	$= \dfrac{\text{비교시점의 구성종목 평균주가}}{\text{Dow Divisor(0.1517)}}$
대표지수	코스피, 코스닥 Nasdaq, S&P500	다우존스산업평균지수(DJIA) 니케이255
특징	시가총액이 큰 종목에 영향	주가가 높은 종목에 영향

"예를 들어보겠습니다. 지난 10년간 코스피 시장 전체
상장기업의 시가총액은 약 65% 상승했습니다. 하지만 같은
기간 코스피 지수는 25% 상승에 그쳤습니다. 코스닥 시장
에 상장된 전체 기업의 시가총액 또한 같은 기간 약 138%
상승했지만, 지수는 마찬가지로 25% 상승하는 데 그쳤습니
다. 반면, 미국의 NASDAQ은 같은 기간 시가총액이 335%

상승했고, 지수는 308% 상승했습니다. 일본의 TOPIX 또한 같은 기간 시가총액 92%, 지수는 98%가 올랐습니다. 이처럼 미국, 일본 등 선진시장의 시가총액 증가분과 지수 상승률 간의 상관관계는 1에 가깝습니다. 이는 시가총액 증가분이 지수에 제대로 반영되고 있다는 방증입니다. 그런데 우리나라 지수는 왜 이런 괴리가 발생했을까요?

그 이유는 간단합니다. 코스피, 코스닥 지수의 산정 방식은 나스닥과 같게 설계되었지만 우리나라만의 독특한 제도들이 추가되면서 이에 영향을 미치고 있기 때문입니다.

시가총액 방식의 선진 지수와 우리 지수 비교

Nasdaq (미국)	종가	시가총액 (bn $)	지수 상승률(%)	시총 상승률(%)	지수증가분 대비 시가총액 증가분(배)
2014	4,736.1	7,452.8	308%	335%	1.1
2024	19,310.8	32,450.3			

TOPIX (일본)	종가	시가총액 (bn ¥)	지수 상승률(%)	시총 상승률(%)	지수증가분 대비 시가총액 증가분(배)
2014	1,407.5	509,399.9	98%	92%	0.9
2024	2,784.9	977,707.0			

코스피 (한국)	종가	시가총액 (조 원)	지수 상승률(%)	시총 상승률(%)	지수증가분 대비 시가총액 증가분(배)
2014	1,915.6	1,192.3	25%	65%	2.6
2024	2,399.5	1,963.3			

코스닥 (한국)	종가	시가총액 (조 원)	지수 상승률(%)	시총 상승률(%)	지수증가분 대비 시가총액 증가분(배)
2014	543.0	143.1	25%	138%	5.5
2024	678.2	340.1			

　첫째로 '쪼개기 상장'입니다. 대표적인 사례가 2022년 LG화학에서 물적분할로 상장된 LG에너지솔루션입니다. LG화학이 배터리 부문을 분할해 LG에너지솔루션을 상장시켰고, 결과적으로 시장에서는 하나의 기업가치가 두 번 평가받게 되는 더블 카운팅이 발생했습니다. 문제는 이런 상장이 특정 기업만의 이슈가 아니었다는 점입니다. SK바이오팜, SK바이오사이언스, SK아이이테크놀로지, 카카오게임즈, 카카오뱅크, 카카오페이, HD현대중공업, HD현대마린솔루션 등 증시 전반에 이런 상장이 난무했습니다. 이 과정에서 지수의 신뢰성 자체가 흔들렸고, 주주의 권리도 침해받았습니다. 2022년 9월 금융위에서 이런 문제점을 인식해 물적분할 후 5년이 지나야 상장이 가능하다는 규제안을 정책으로 내놓았지만 여전히 이런 물적분할 사례가 이어지고 있어 더블 카운팅 이슈는 아직도 현재 진행형입니다.

물적분할일	상장일	기간	상장시장	자회사명	모회사명
2011-04-01	2020-07-02	9년	코스피	SK바이오팜	SK
2016-04-01	2020-09-10	4년	코스닥	카카오게임즈	카카오
2018-05-01	2021-03-18	3년	코스피	SK바이오사이언스	SK케미칼
2019-04-01	2021-05-11	2년	코스피	SK아이테크놀로지	SK이노베이션
2016-01-22	2021-08-06	5년	코스피	카카오뱅크	카카오
2019-06-01	2021-09-17	2년	코스피	HD현대중공업	HD한국조선해양
2017-04-03	2021-11-03	4년	코스피	카카오페이	카카오
2020-12-01	2022-01-27	1년	코스피	LG에너지솔루션	LG화학
2020-10-12	2023-02-03	2년	코스닥	삼기이브이	삼기
2020-04-02	2023-07-14	3년	코스닥	필에너지	필옵틱스
2017-04-01	2024-05-08	7년	코스피	HD현대마린솔루션	HD현대

둘째는 IPO 첫날 기준가격 결정 방법입니다. 한국에 상장된 기업들의 주가는 IPO 첫날 공모가격의 400%까지 상승할 수 있습니다. 이를 공모가 대비 4배가 오른다고 해서 '따따블'이라고 합니다. 기존에는 '따상'이었습니다. 공모가 대비 200%가 올라서 시작할 수 있었고 여기에 당일 상한가를 가면 260%가 되어 그렇게 불렀던 것이지요. 이런 제도들로 따상, 따따블을 노리는 투자자들이 많아져, 공모 시장은 장기간 호황을 이뤘습니다. 하지만 이로 인해 많은

부작용이 발생했습니다. 공모주 펀드 경쟁이 치열해지면서 공모가가 매번 수요 예측 시 희망가격 밴드 상단에서 결정되었고, 이는 공모가격 고평가 논란을 초래했습니다.

또한, 가장 중요한 것은 상장 첫날 급등한 가격의 '종가'가 주가지수에 편입되는 기준가격이 된다는 점입니다. IPO 기업들의 주가는 대부분 상장 당일 급등했다가 다시 공모가 부근으로 회귀하는 추세를 나타냅니다. 기존 따상에서 따따블로 기준가격 결정제도가 바뀐 2023년 하반기 IPO 기업들의 주가는 상장 당일 평균 93.44% 상승했습니다. 따라서 주가지수에는 상장 공모가의 2배가 된 기업가치로 편입되는 것입니다.

이건 단순히 과열의 문제가 아니라, 우리나라 주가지수의 정당성을 근본부터 흔드는 일입니다. 주식시장에 좋은 기업들을 상장시켜 시장을 활성화해야 되는데, 기업들이 상장될수록 주식시장에 악영향을 미치고 있기 때문입니다. 미국은 상장 첫날 정규시장 시작 시간이 아닌 최대한 많은 거래가 발생할 수 있는 '균형가격'이 형성되었을 때 거래를 시작하고, 이와 동시에 지수에 편입해 우리 같은 문제가 발생하지 않습니다.

상장 당일 가격 결정 방법	따상 (2023년 6월 26일 이전)	따따블 (2023년 6월 26일 이후)
상장일 가격변동	기준가격 : 공모가의 90~200% 가격제한폭 : 기준가격 ±30%	공모가 대비 60~400%
상장일 최대 시가총액 (공모가 기준 '1조원' 시가총액 가정시)	기준가 : 2조원 상한가 달성 : 2.6조원	4조원
공모가 대비 평균 수익률	2023년 : +60.63%	2023년 : +93.44% 2024년 : +63.58% (비고 : 2024년 8월부터 주식시장 하락, 7월까지 32개社 IPO 기준가격 +114.82%)
문제점	상장 당일 종가로 주가지수에 편입 → 주가하락시 지수하락 요인으로 적용	

셋째는 기술특례 상장 남발 문제입니다. 원래 이 제도의 도입 취지는 아주 괜찮았습니다. 2005년, 코스닥 시장에 기술력 중심의 성장 기업이 상장할 수 있는 통로를 열어주자는 의도로 '기술특례 상장 제도'가 도입됐습니다. 기존에는 재무제표상 매출액과 이익 요건을 충족해야 상장이 가능했지만, 기술특례는 기술평가 우수 판정을 받은 기업이면 적자 상태라도 상장 기회를 주자는 것이 핵심이었습니다.

도입 초기만 해도 해당 제도는 바이오, 반도체 소재 등 기술집약형 유망 기업을 자본시장으로 연결하는 순기능을 했습니다. 그러나 2015년 이후, 양상이 바뀝니다. 바이오 기업을 중심으로 기술특례 상장이 급증했습니다. 특히 2015~2019년까지 5년간 기술특례 상장기업은 72개사, 이 중 바이오 기업이 74%에 달했습니다.

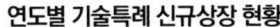

연도별 기술특례 신규상장 현황

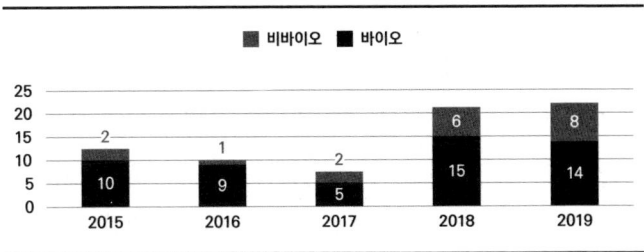

해당 기업들 가운데 2021년까지 영업이익 기준 흑자전환 기업은 15%에 불과하고, 2014년 기술특례로 상장한 알테오젠이 2024년 첫 흑자전환을 기록했습니다. 알테오 젠은 현재 코스닥 시가총액 1위 기업으로 현재 시가총액 280조 원에 달합니다.

이러다 보니 코스닥은 2024년 말 기준 PER 114배를 기록해 상대적인 고평가 상태에 놓여있어 투자 매력도가 떨어진 상황입니다. 게다가 기술특례 상장의 일종인 성장 성 특례 상장 1호 기업 셀리버리가 2025년 2월 상장폐지

됐고, 기술특례 상장으로 한국 시장에 입성한 해외 바이오 기업 소마젠, 네오이뮨텍 같은 기업들은 모두 공모가 대비 십 분의 일로 하락한 상태입니다.

2024년만 하더라도 우리 정부는 '밸류업'이라며 저 PBR 기업에 대한 재평가를 촉진해야 한다는 목소리를 냈습니다. 하지만 저는 그 방식이 효과적이지 않을 것이라 생각합니다. 투자자들의 신뢰는 PBR이라는 단순한 항목이 아니라 시장 전반의 구조에서 옵니다. 그런데 지금 우리 시장은 실적 없는 기술특례 기업들이 지수를 왜곡하고, 공모가 대비 4배나 되는 시가총액으로 지수에 편입되고, 쪼개기 상장으로 동일 가치가 두 번 지수에 반영되는 구조를 갖고 있습니다. 그 결과, 외국인 투자자들은 점점 한국 시장의 '숫자' 자체를 믿지 않게 되었고, 2024년 8월부터 9개월 연속 한국 주식을 팔아 치웠습니다.

지수란 시장의 거울이어야 합니다. 그런데 그 거울이 비틀리고, 더블로 반사되고, 과장된 조명까지 받고 있다면, 우리가 보고 있는 건 시장이 아니라, '조작된 상(像)'일 수 있습니다."

도진은 스크린을 향해 돌아서 마지막 슬라이드를 넘긴다.

지수는 누구를 위한 숫자인가?

"이상으로 발표를 마치겠습니다. 질문 있으시면 편하게 말씀해 주십시오."

잠시 정적이 이어지다 누군가 손을 든다. 남지호 팀장이다.

"발표, 정말 흥미롭게 들었습니다. 다만… 하나 현실적인 질문을 드려도 될까요? 지금 말씀하신 구조적 문제들 — 저희도 내부적으로 공감하는 부분이 많습니다. 그런데 그게… 이미 제도권에서 수년간 정착돼온 방식들이잖아요. 그걸 바꾼다는 건 결국, 거래소나 금융위가 지금까지 운영하던 기준과 정책이 잘못됐다는 걸 스스로 인정하는 일인데… 과연 그게, 실제로 가능하다고 보십니까?"

도진은 고개를 끄덕이며 물을 한 모금 마신다. 잠시 정적을 두고, 조용하지만 단단한 목소리로 말을 잇는다.

"좋은 질문 감사합니다. 저도 그 점을 누구보다 많이 고민해왔습니다. '이미 돌아가기엔 너무 멀리 왔다'는 말을 업계 안팎에서 수도 없이 들었거든요. 지금까지 유지되어온 구조를 바꾼다는 건— 결국 그 구조가 처음부터 완벽하지 않았다는 걸 인정하는 일이니까요. 누구도 쉽사리 그런 고백을 하진 않겠죠. 하지만 생각해보면, 문제를 고치기 위해선 먼저 그 문제가 존재하고 있음을 인정해야 합니다. 예전에는 정책 실패를 감추는 게 익숙한 방식이었을지 모르지만, 이젠 시장이 더 빨라졌고, 투자자들은 더 냉정해졌습니다. 개인투자자들의 해외증시로 이탈이 가속화되고 있는 것도 한국 시장의 구조적 문제를 본능적으로 직감하고 있기 때문입니다. 저는 오히려 지금이 기회라고 생각합니다. 만약 거래소나 금융위가 우리 주가지수에 대한 개편에 나선다면, 그건 과거를 부정하는 게 아니라, 미래를 설계하겠다는 뜻이 될 수 있습니다."

도진은 눈을 들어 청중을 바라본다.

"진짜 위험한 건 잘못된 기준을 고수하면서도, 모두가 '이건 괜찮다'고 고개를 돌리는 분위기입니다. 그래서 바꾸기 어렵다는 걸 알면서도, 누군가는 그 이야기를 꺼내야 한다고 믿었습니다. 그게 제가 이 자리에 선 이유입니다."

무거운 침묵 속에 세미나는 마무리됐다. 하지만 그 침묵은 무관심이 아니었다. 도진은 눈치챘다. 그건 이 방에 있는 사람들이 모두, 지금까지 그 구조 안에 있었다는 자각에서 비롯된 무거움이었다는 것을. 한국은행 또한 제도권의 한 축이었다. 그리고 그만큼, 이번 사안을 두고 자책이 섞인 침묵이 방 안을 감싸고 있었다.

세미나가 정리되고 사람들이 삼삼오오 빠져나가는 와중, 남지호 팀장이 조용히 도진을 따라 나왔다.

"오늘 발표, 진심으로 잘 들었습니다. 내부적으로 저희도 검토해보겠습니다. 거래소 쪽에도 의견서 형식으로 제안을 한번 시도해볼 생각이고요."

그는 명함을 건네면서 말했다.

"언제 식사나 한번 하시죠. 이렇게 피가 도는 얘기를 들은 건 오랜만이라…."

"감사합니다. 연락드리겠습니다."

그날 저녁, 정민에게 연락이 왔다. 메시지였다.

"세미나는 어땠어? 분위기 괜찮았어?"

도진이 "의외로 조용했어. 근데 진지했어."라고 답을 보내자, 곧바로 정민의 메시지가 이어졌다.

"한국은행이 뭐, 강제력 있는 기관은 아니잖아. 그런데 거기 학자들이 많아서, 이런 내용 한번 파고들기 시작하면 확실히 반영되는 경우가 많아."

잠시 뜸을 들이던 정민이 마지막으로 덧붙였다.

"나도 우리 캠프 경제전략실에 관련 내용 검토 요청해볼 게. 500만 개인투자자를 잡을 좋은 공약이 될 것 같거든."

도진은 잠시 정민의 메시지를 바라보다가, 화면을 멈추고 핸드폰을 내려놓았다. 오늘 하루, 시장의 가장 깊은 구조 어딘가에 작은 변화가 진행되고 있는 기분이 들었다.

3장

민감한 반응

"최 대표, 거래소 쪽이 은근히 민감하게 반응하는 것 같던데."

도진과 애널리스트 시절부터 알아온 이승민 기자였다. 그는 도진이 3년 전, 코스닥 지수 왜곡 관련 첫 보고서를 냈을 때 "이거 진짜 기사로 써도 되냐"라고 물었던 유일한 기자였다.

"왜요?"

"최 대표가 얼마 전 한국은행에서 세미나 했었다고 말했잖아. 그 후 한국은행이 이례적으로 거래소에 지수산정 방식 개정과 관련한 제안서를 보내왔는데, 그 내용으로 회의가 있었나 보더라고. 아직까지 거래소에서 직접적인 반박은 없는데, '지수를 흔들면 시장 신뢰가 깨진다'는 말이 여기저기서 돌고 있어. 그래서 기자들이 슬슬 눈치를 보더라고. '한국은행의 국내 증시 개혁론' 이런 타이틀로 기사를 쓰려다가 거래소에서 '지수 신뢰를 흔들지 말자'는 압박을 받았다는 후배도 있었고."

이 기자가 낮은 톤으로 덧붙였다.

"그런데 솔직히 말하면, 그게 시장의 '신뢰' 때문이라기보단… 본인들의 '이권'이 걱정되는 것 아니겠어? 그동안 상장을 통해 얼마나 많은 수익을 나눠 먹었는지— 알 만한 사람들은 다 알잖아."

도진은 무표정하게 고개를 끄덕였다. 이 기자는 말을 이었다.

"지금 이 구조를 바꾸자는 말은 결국, 그동안 거래소가 승인했던 수백 건의 상장을 부정하는 셈이잖아. 그걸 누가 쉽게 용납하겠어?"

서울 여의도, 한국거래소 본관 16층 회의실. 커튼은 반쯤 내려져 있었고, 바깥 풍경보다 내부의 분위기가 더 무거웠다. 상장심사부, 전략기획팀, 대외협력팀이 모인 비공식 실무 조율 회의. 회의명은 '지수편입 기준 개선 관련 내부 보고 점검.' 하지만 실상은 '최도진'이라는 이름이 회의 테이블 위를 맴도는 자리였다.

"지수를 흔들면 안 됩니다."

상장심사부 부장이 단호하게 말했다.

"지금 저 독립리서치가 주장하는 건, 결국 우리 제도 전체에 칼을 들이대겠다는 거예요."

대외협력팀 팀장이 말을 받았다.

"최도진, 저 사람이 3년 전에도 같은 내용으로 보고서를 작성한 적이 있었는데, 잠잠해진 줄 알았는데, 이번에 한국은행에서 세미나를 하게 됐나 봐요. 한국은행에 지인이 있어서 알아봤는데, 금융시장국 남지호 팀장이 이 내용에 완전 꽂힌 모양이라고 하더라고요. 제안서도 그쪽에서 작성했다고 합니다."

전략기획팀 차장이 조용히 말했다.

"우리는 정해진 기준대로, 해오던 대로 하고 있는 것 아니겠어요. 이런 건 금융위 같은 데서 지침을 내려줘야 개선하든지 하는 것이지, 우리한테 책임지라고 하는 것은 잘못된 게 아닌가요? 거기다 지금 상장심사 대기 기업만 수십 곳입니다. 대선 후보자들 가운데 증시개혁을 공약으로 내세울 가능성도 높은데, 이미 상장심사 들어가 있는 것들부터 빨리 진행시켜야 하겠습니다."

회의는 자신들의 입장을 재확인하는 차원에서 끝났다. 거래소에 출입하는 기자들 가운데 몇몇이 해당 회의 내용과 한국은행에서 전달한 제안서에 대해 취재를 요청했지만 받아들여지지 않았다.

같은 날 저녁, 서울 청담동의 고급 한우 오마카세 '정진우옥'.

"승철아, 이 집 괜찮지? 여긴 국장급들도 자주 와. 건배하자."

상장심사부 부장 정승철의 상사였던 이태훈 이사가 웃으며 잔을 들었다. 양복을 말끔히 차려입은 이태훈은 3년 전 대형 사모펀드 운용사인 파인넥스트 파트너스의 총괄이사로 자리를 옮겼다. 그리고 옆에는 이번에 IPO를 준비 중인 스타트업 대표 이준영, 그리고 전략기획팀 차장 유세훈이 자리하고 있었다.

"요즘 그 도진인가 뭔가 하는… 그 친구 보고서 관련해서 거래소가 좀 시끄럽더라?"

이태훈 이사가 잔을 내려놓으며 말했다.

"지수 개혁이 필요하다고 언론 쪽에서도 흔들고 있는 모양이던데."

정승철 부장은 술을 한 모금 마시고 웃었다.

"지수만 흔드는 게 아니고, 우리 목줄을 흔드는 거지요. 지수 얘기하는 척하면서 결국엔 상장제도 문제로 가더라고요. 그런데 우리도 그동안 몇 번이나 고쳤잖아요. 기술 특례 상장 절차도 투명하게 진행 중이고, 적자 기업 리스크 공시도 강화했고… 그런데도 늘 허점만 들추는 애들은 답이 없어요."

이준영 대표가 잔을 들며 말을 받았다.

"그런데요, 부장님. 사실 이렇게 규정 다 맞춰서 상장 준비하는 회사 입장에선 그런 얘기 나오면 괜히 우리까지 걸러질까 봐 신경 쓰이긴 합니다. 특례 상장 폐지 이런 말 나오면 LP들이 눈치부터 보더라고요."

유세훈 차장이 슬쩍 말했다.

"그래서 제가 요즘 내부 보고서를 통해서 '지수 건들지 말자'는 쪽으로 정리하고 있어요. 정책팀에도 미리 분위기 돌려놔야 하고."

이태훈 이사가 고개를 끄덕였다.

"맞아. 이런 상장 구조는 틀릴 수도 있어. 그런데 문제 는, 이미 너무 많은 돈이 들어와 있다는 거야. 구조가 아니라 돈을 건드는 거니까, 이건 개혁이 아니라 파워게임이 되는 거지."

잠시 정적이 흘렀다.

정승철 부장이 마무리하듯 말했다.

"그러니까 지금은 조용히 넘기는 게 좋아요. 유 차장은 관련 기사가 어디서 먼저 나오기 전에 거래소 공식 입장을 슬쩍 정리해줘요. 우리 지수의 최우선 과제는 지금, 시장 안정성을 확보하는 것이라고."

이태훈 이사가 자리를 일어서며 말했다.

"기분도 풀 겸 어디 2차나 갑시다."

다음 날 오전 11시. 도진이 점심 약속을 나가려 준비하고 있을 때, 이승민 기자에게서 메시지가 도착했다.

"최 대표, 지금 기사 하나 전달했어. 거래소가 '시장 안정성 확보가 최우선'이라는 내용의 보도자료를 발표하며 지수 산정 구조에 대한 불필요한 논쟁 자제를 요청했음. 내부적으로 '민간 분석자료로 시장 혼란 유발'이라는 표현도 들어있더라고."

잠시 후, 통화가 연결됐다.

"최 대표, 그 보고서 혼자 쓴 거 맞지?"

"네, 왜요?"

"근데 너무 정확하게 찔렀다는 얘기가 많아. 거래소 쪽에서 '이건 개인이 쓸 수 있는 수준이 아니다'라며 누가 뒤에 있는 거 아니냐는 말까지 돌고 있어. 내 판단으로는… 앞으로 RM리서치 이름 걸고 움직이는 게 만만치 않을 거야."

도진은 말없이 고개를 끄덕였다. 이건 단순한 데이터 논

쟁이 아니었다. 그들의 생존 논리가 위협받고 있다는 공포
반응이었다.

4장

글로벌 스탠다드

도진은 이승민 기자의 전화를 받고 머릿속이 복잡해졌다.

'시장 안정성 확보가 최우선.'

거래소는 그렇게 입장을 정리했다. 그 말은 결국 '현 상태 유지'를 선언한 것이었다.

서울 세종대로, 남대문 근처의 한 중식당. 금융시장국 남지호 팀장과의 점심 약속 장소에 도착했다. 남지호는 단정한 셔츠와 다소 마른 인상이었다. 게살 수프를 숟가락으로 저으며 그가 말했다.

"거래소 쪽 분위기는 전해 들으셨죠?"

도진은 고개를 끄덕였다.

"방금 전 거래소에서 발표한 보도자료 내용도 알고 계

시죠? 예상은 했지만 빠르네요."

남지호가 조용히 말했다.

"거래소가 직접 제도를 바꿔야 한다고 생각하는 사람은 아무도 없어요. 거긴 그 구조에서 이익 보는 사람들이 너무 많거든요. 한국거래소 1년 순이익이 얼마나 되는지 아세요? 4,000억 원이 넘어요. 2023년에는 거의 5,000억 원에 달했다니까요."

"그래서 결국 이런 건, 금융위에서 시작해야 합니다."

"하지만…."

남지호가 냅킨으로 입을 닦으며 이어 말했다.

"금융위가 가만있을까요? 생각해보세요. 거래소도, 예탁원도, 금융투자협회도 다 산하기관이에요. 말이 좋아 '자율 규제 기관'이지, 한국거래소나 예탁결제원 같은 곳은 금융위 승인 없이는 인사도 예산도 못 움직입니다. 그런데 또 웃긴 건, 금융위는 그걸 단순히 관리만 하는 게 아니라 '시장 전체를 조율하는 컨트롤 타워' 역할까지 하고 있어요. 결국, 감독기관이라기보다, 실질적인 관할 정부 부처인 셈이죠. 거기다…."

도진이 대신 말했다.

"…금피아."

남지호는 쓰게 웃었다.

"네. 정년퇴임 한 고위 공무원들, 금융위 출신들이 거래소 상임고문, 자산운용사 감사, 협회 자문으로 다 흘러 들어갔어요. 그리고 그 사람들이… 상장 심사 구조, 지수 운영 체계 등 모든 곳에 관여했고요. 절대 바꾸려 하지 않을 거예요. 왜냐면, 지금 구조를 다 자기들이 만든 거거든요. 바꾸는 순간, 자기 경력이 부정되는 셈이니까요."

도진은 말없이 젓가락을 내려놨다. 국내 금융 시스템의 핵심에 있는 사람도 이 구조를 바꿀 수 없다는 걸 알고 있었다. 아니, 알고는 있었지만 이 정도일 줄은 몰랐다.

"그래서 전…."

남지호가 조용히 말했다.

"당장은 바꾸겠다는 말보다 '이건 시장 전체를 위한 정비 작업'이라는 프레임을 만들어야 한다고 봐요. 누군가를 비판하는 게 아니라— 이게 시스템 리셋의 시작이라는 점을 강조해야 할 겁니다."

도진은 고개를 끄덕이다가 말을 이었다.

"저는 시스템만 바꾸려는 게 아닙니다."

남지호가 젓가락을 잠시 내려놓고 도진을 바라봤다.

"이런 시스템이 왜 계속 잘못 만들어지는지, 그 원인을 먼저 봐야 다시는 비슷한 구조가 반복되지 않습니다."

"그게 뭐죠?"

남 팀장이 물었다.

도진이 미소를 지으며 답했다.

"남 팀장님, 골프 좋아하시나요?"

"좋아하긴 합니다. 근데 시간이 없어서 필드는 자주 못 나갑니다."

"제가 미국에서 MBA를 할 때, 집 주변에 가까운 골프장들이 많아서 골프를 자주 쳤는데요. 미국인들과 시합을 해 보면… 스코어 카드에 풀 스코어를 다 적더라고요.

HOLE	1	2	3	4	5	6	7	8	9	SUB	1	2	3	4	5	6	7	8	9	SUB	TOTAL
Par	5	4	4	4	4	3	4	3	5	36	5	4	3	4	4	3	4	5	4	36	72
한국식	-1	0	0	1	0	0	-1	0	2	1	0	0	2	1	0	-1	0	-1	0	1	2

HOLE	1	2	3	4	5	6	7	8	9	SUB	1	2	3	4	5	6	7	8	9	SUB	TOTAL
Par	5	4	4	4	4	3	4	3	5	36	5	4	3	4	4	3	4	5	4	36	72
미국식	4	4	4	5	4	3	3	3	7	37	5	4	5	5	4	2	4	4	4	37	74

예를 들어 파4에서 보기를 하면 우리는 1오버니까 '1'이라고 적지만, 그들은 '5'라고 씁니다. 처음엔 그게 불편해 보였어요. 그런데요, 시간이 지나니까 알겠더라고요. 그게 정확한 기록이에요. 있는 그대로의 숫자. 숨기지 않고, 줄이지 않고, 해당 홀이 파4인지, 파5인지 몰라도 그 홀에서 몇

타를 쳤는지 직관적으로 이해할 수 있는 것이죠. 그게 시스템을 신뢰하게 만드는 기본값이더라고요. 근데 한국은…."

도진이 말을 이었다.

"빨리빨리, 대충대충, 적당히 넘어가기. 골프뿐만 아니라, 시장도, 제도도, 숫자도 마찬가지입니다. '유도리'라는 이름으로 글로벌 기준을 외면해왔어요. 예전엔 단일민족이라는 이유를 들며 우리들만의 규칙이 통했죠. 정해진 규칙이 없어도 그냥 끼리끼리 알아서 했습니다. 그런데 이게 글로벌화의 발목을 잡고 있어요."

남지호는 조용히 고개를 끄덕였다.

도진은 말을 이어갔다.

"MP3 플레이어로 유명했던 '아이리버' 기억하세요? 그때 전 세계가 한국 전자제품에 놀랐습니다. 싸이월드도 마찬가지예요. 페이스북보다 먼저 나왔고, 아바타와 타임라인까지 다 있었죠. 그런데 왜 망했을까요?"

남지호가 답했다.

"지나치게 내수 위주로만 가서?"

도진이 고개를 끄덕였다.

"그렇죠. 우리는 내수 시장에 사로잡혀서 생태계라는 것을 만들어본 경험이 없었습니다. 아이리버는 MP3 디바이스만 좋은 디자인과 품질로 싸게 생산하려고 했습니다.

소비자들은 여기에 넣을 음원을 모두 불법 다운로드로 받아 넣었지요. 하지만 아이팟은 아이튠즈라는 음원 생태계를 만들어 창작자와 소비자를 연결했습니다. 싸이월드 또한, 한국에서만 통하는 UX였고, 글로벌화를 위한 최소한의 공용 언어조차 없었어요. 결국… 우리는 시스템을 '글로벌 기준'으로 만들 줄을 몰랐던 겁니다. 그리고 그게 지금 지수 문제, 상장제도 문제까지 이어지고 있어요."

남지호는 잠시 침묵하더니 말했다.

"그러니까… 지금 지수를 고치자는 게 아니라— 우리가 '숫자'를 어떻게 다뤄왔는가부터 고쳐야 한다는 말이군요."

도진이 고개를 끄덕였다.

"네, 맞습니다. 숫자는 정직해야 하니까요. 숫자를 마음대로 다루기 시작하면, 그 시스템은 누구에게도 신뢰받을 수 없습니다."

남지호는 도진과 헤어지고 사무실로 향하는 도중 최근에 있었던 참사가 떠올랐다. 2024년 12월, 방콕발 제주항공 여객기가 무안국제공항 착륙을 시도하던 중, 조류 충돌로 엔진 하나가 꺼졌다. 조종사는 어려운 상황에서도 긴급 동체착륙에 성공했지만, 활주로 끝단까지 기체가 미끄러지며 정면의 콘크리트 장벽에 충돌해 기체가 반파됐다. 정확히 말하면, 그 자리에 있어야 했던 건 콘크리트가 아니었다.

콘크리트 장벽 위에는 항공기가 활주로 중앙으로 정렬할 수 있도록 도와주는 로컬라이저(Localizer)라는 레이더 장비가 있었는데, 국제 기준대로라면 충격 흡수가 가능한 파손형 구조물 위에 설치되었어야 한다. 하지만 몇 년 전 기상악화로 시설물 손실이 반복되면서 콘크리트로 재설치한 정황이 밝혀졌다.

'우리는 또, 글로벌 표준을 편의에 맞게 바꿨다. 그리고 그 대가는… 대규모 인명 사고였다. 삼풍백화점, 성수대교 붕괴 또한 비슷한 원인이었을 것이다.'

그 장면이 도진의 말과 겹쳐졌다. 지수 산정, 상장 제도, 기술특례… 하나같이 '우리가 만든 규칙'으로 굴러가는 체계. 그 안에서 시장은 멀쩡한 척 버젓이 운영되고 있고, 그 결과는… 언젠가 한순간에 참사로 이어질 것이다.

국제 기준을 '우리식으로 바꾸는 것'이 능력이라 여겼던, 오래된 환상. '우리 시장은 특수하니까'라는 말로 회피해온 지난 20년간의 관성. 남지호는 발걸음을 멈추고, 휴대폰을 꺼냈다. 메모앱에 두 줄을 적었다.

편의를 기준으로 삼으면, 구조는 무너진다.
글로벌 기준이 불편하다고 밀어낸다면, 그 대가는 결국

국민이 치르게 된다.

　그는 잠시 화면을 바라보다, 조용히 휴대폰을 주머니에
넣으며 다시 걷기 시작했다.

5장
인구 감소

　서울 여의도, K경제 신문사 회의실. 이승민 기자는 커피잔을 내려놓으며, 노트북을 열었다. 그가 꺼낸 노트북 옆엔, 도진이 전날 업로드한 보고서가 인쇄되어 있었다. 표지엔 이렇게 적혀 있었다.

　『미국 시장이 장기적으로 우상향 하는 이유 - 인구 증가가 자본 시장에 미치는 영향』

— *RM리서치. 최도진.*

　"오늘 인터뷰는 일부 발췌해서 방송으로도 내보내려고 하니까, 존칭으로 할게."
　이승민이 웃으며 말했다. 도진은 고개를 끄덕였다. 이승민은 도진을 편하게 해주는 멘트로 자연스레 인터뷰를 진행했다.

"이번 보고서 주제가 '미국에 투자 비중을 늘려야 한다'는 내용이던데 맞나요?"

"맞아요. 이번엔 숫자가 아니라 사람으로 풀어봤어요. 인구 구조가 어떻게 시장을 떠받치고 있는지 말이죠."

도진의 설명은 간결하면서도 단단했다.

미국은 2024년 기준, 인구가 3억 4천만 명을 넘었고, 연간 약 1% 가까이 증가 중이다. 놀라운 건, 이 숫자가 단순한 출산율이 아닌 설계된 증가라는 점이었다.

"이민이죠. 미국 인구가 증가하는 원인을 살펴보면 85% 가량이 이민으로 인한 것이거든요. 미국은 필요하면 인구를 정책적으로 늘릴 수 있는 나라예요. 그것도 고학력, 고소득, 고소비층을 중심으로요. 그들은 주식시장에 들어오는 신선한 자금줄이라고 볼 수 있습니다."

도진은 보고서 한 페이지를 펼쳐 보이며 설명을 이어갔다.

미국의 퇴직연금 401(k) 제도의 투자구조, 미국 근로자 대부분이 매달 월급의 10% 안팎을 노후자금으로 투자하고, 그중 상당 비중이 미국 주식시장으로 흘러간다. 2023년 기준, 전체 운용 자산 중 약 71%가 주식에 투자되었고,

전체 자금 가운데 50% 이상이 미국 주식시장에 투자되고 있다.

"미국 시장은 신규 자금 유입이 구조적으로 내장돼 있어요. 자금 유입 없이 가격이 오르는 시장은 없거든요."

이승민은 잠시 말을 멈췄다. 그의 손가락이 인쇄물 위를 천천히 훑었다.

"반면 한국은, 인구는 줄고 있고… 게다가 한국에 이민으로 들어오는 사람들은 대부분 비숙련직이 많죠."

도진은 고개를 끄덕였다.

"그게 문제예요. 한국은 소비가 줄고, 국민연금 같은 제도도 국내 주식 비중이 고작 13%뿐이니까, 시장 내부에서 자금을 뒷받침할 수 있는 투자자가 없어요."

도진은 잠시 말을 멈췄다가, 낮은 톤으로 덧붙였다.

"그런데 문제는, 우리가 이 인구 감소를 그저 '조용한 자연현상'처럼 받아들이고 있다는 겁니다. 하지만 이건 조용한 게 아니라, 서서히 무너지는 시스템의 전조입니다. 투자도, 정책도, 시장도— 모든 구조가 사람 위에 세워져 있는데, 그 기반이 무너져 가는데도 아무도 방향을 바꾸려 하지 않습니다. 인구 감소 자체도 문제지만, 더 큰 위험은 그 변화를 제대로 인식하지 못하고, 시장과 제도를 바꾸지 않는 태도입니다."

도진은 커피잔을 천천히 내려놓았다.

"시장은 숫자로 움직이지만, 그 투자자들이 없어진다면, 아무리 정교한 수식도 결국 무용지물입니다. 이미 많은 투자자들이 미국 시장으로 떠났고요."

도진은 테이블 위에 출력된 슬라이드를 한 장 넘겼다.

"2025년 1분기 기준으로, 국내 투자자들의 해외주식 투자 비중은 한국 주식 거래금액의 24%를 넘었습니다. 그 해외투자 중 96%가량이 미국 시장이고요."

이승민이 고개를 끄덕였다.

"최근엔 레버리지 투자도 많이 하죠?"

"맞아요. 2배, 3배 레버리지 ETF. 2025년 4월 국내 투자자들이 가장 많이 사들인 해외 종목은 필라델피아 반도체 지수의 일일성과를 3배 추종하는 '디렉시온 데일리 반도체 BULL 3X ETF(SOXL)', 2위는 테슬라, 3위는 테슬라 주가를 2배 추종하는 '디렉시온 데일리 테슬라 BULL 2X ETF(TSLL)', 4위는 나스닥100 지수의 수익률을 3배 추종하는 '프로셰어스 울트라프로 QQQ ETF(TQQQ)', 5위는 엔비디아 순으로 집계됐습니다. 미국장 개장과 동시에 폭등주 매수, 테마주 단타… 이제는 '투자'라는 말보다 '베팅'이라는 말이 더 적절할 때도 있어요."

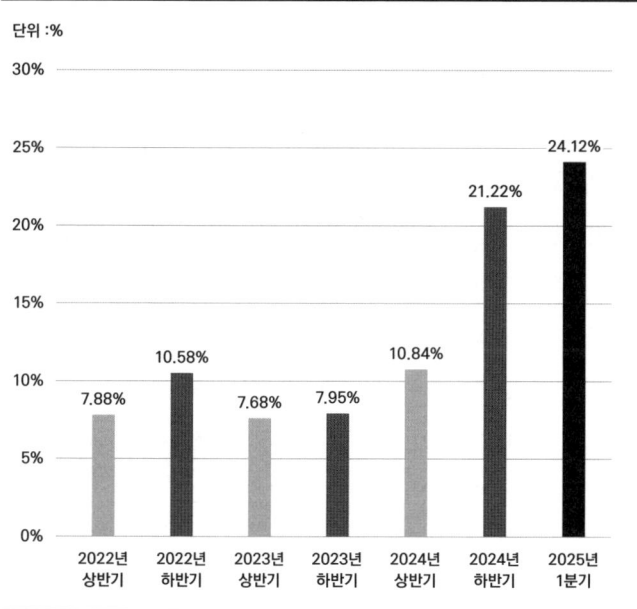

최근 3년간 국내 주식 거래금액 대비 해외 주식 거래금액 비중

단위 :%

- 2022년 상반기: 7.88%
- 2022년 하반기: 10.58%
- 2023년 상반기: 7.68%
- 2023년 하반기: 7.95%
- 2024년 상반기: 10.84%
- 2024년 하반기: 21.22%
- 2025년 1분기: 24.12%

도진은 고개를 돌려 창밖을 보며 말을 이었다.

"해외 언론에서도 이런 한국 투자자들의 행태를, '레버리지 중독 현상', '극단적 포모(FOMO)', '시장 불신의 산물'이라며 몇 차례 지적한 적이 있었죠. 한 미국의 자산 전문가는 '오징어 게임 방식의 위험투자'라는 리포팅을 통해서 한국 개인 투자자들의 이런 매매 행태가 상품 가격의 변동성을 부추기고 있다고 지적하기도 했습니다."

이승민이 헛웃음을 지었다.

"그래도 시장의 투자자인데 너무 심한 말 아닌가요?"

도진은 조용히 고개를 저었다.

"냉정하지만, 완전히 틀린 말은 아니에요. 장기 투자로 손해 봤던 경험, 정보에서 항상 뒤처졌던 경험, 개인은 늘 '나중에 듣고 비싸게 사는' 경험, 이런 걸 다 겪은 사람들에게 '기다리라'는 말이 무슨 소리로 들리겠어요. 시장이 이렇게 장기 투자자를 보호하지 못하니까, 시장도 점점 더 단기적으로만 움직이게 되는 겁니다. 한마디로 한국 투자자들은 다들 빨리 부자가 되고 싶어 해요."

6장

모두 부자 되세요

"여러분, 모두 부자 되세요."

BC카드 광고가 TV에 쏟아지던 시절, 도진은 그 문구를 들을 때마다 묘한 저항심을 느꼈다.

'세상은 우리 모두를 부자로 만들어주지 않는다'는 생각을 가지고 있었기 때문이다. 그는 그걸, 너무 어릴 때 깨달았다.

도진이 초등학교 3학년 때, 가족은 서울 도봉동의 한 동네로 이사했다. 당시 서울시 공무원이셨던 큰아버지가 곧 재개발될 것이라며 추천한 곳이었다. 어린 도진은 그곳에서 큰 충격을 받았다. 공동 화장실을 쓰는 판자촌, 다닥다닥 붙은 이웃집의 싸우는 소리가 매일 밤마다 들리고,

근처에 있는 중랑천에서 하수도 냄새가 은은하게 풍겼다.

재개발은 이사를 간 지 3년이 되어서야 시작했고, 이후에도 아파트를 건설하느라 2년 동안 가(假)이주 단지에서 살아야만 했다. 초등학교를 다닐 때는 다 같이 어려운 형편에 있는 아이들과 어울려서 그랬는지 차별이라는 것을 모르고 자랐었는데, 가이주 단지로 이사해 근처 중학교를 배정받아 다니면서 적지 않은 차별을 경험했다.

"저 애들이랑 친하게 지내지 마."

그 말은 기존 동네에 살던 어른들 입에서 스스럼없이 흘러나왔고, 같은 반 아이들은 별 악의 없이, 그러나 무심하게 우리와 거리를 뒀다. 도진은 일찍 배웠다.

"세상은 그냥 가만히 있으면 절대 품어주지 않는다."

1997년, 도진이 중학교 2학년일 때 IMF 외환위기가 터졌다. 신발 장사를 하던 아버지의 가게는 문을 닫았다. 아버지는 매일 새벽, 일찍 짐을 챙겨 일용직에 나가셨다. 가끔은 지방 건설 현장에 가느라 몇 주씩 보지 못했다. 도진의 어머니도 동네 섬유 공장에서 일을 하셨다. 아버지, 어머니의 모습을 보며 도진의 가슴 어딘가가 조용히 부서지는 걸 느꼈다.

고등학교를 거치면서도 집안 형편은 나아지지 않았다. 그래도 도진의 부모님은 하나뿐인 아들을 잘 키우기 위해 몸을 아끼지 않았다.

'나는 이곳을 벗어나야 한다. 달라져야 한다.' 매일 되뇌었지만, 현실은 그리 녹록지 않았다. 도진은 노력보다는 도망치듯 시간을 흘려보냈고, 삼수 끝에 겨우 인서울 턱걸이로 H대학에 입학했다.

대학 시절, 도진은 신라호텔에서 발레파킹 아르바이트를 하며 서울 상류층의 세계를 가까이서 목격했다. 벤츠 S클래스, BMW 7시리즈, 재규어, 에쿠스…. 차 안에서 흐르던 감미로운 음악과 향기로운 냄새, 조수석에 놓인 원서와 CD 음반들.

'이 사람들은 다른 세계에서 살고 있구나.'

그들의 차를 몰면서 도진은 다짐했다.

'나도 언젠가 이곳에 설 것이다. 단지 흘러가는 사람이 아니라, 이름을 남기는 사람으로.'

도진은 대학 2학년을 마치고, 군대에 갔다. 발레파킹을 하던 경력을 살려 부대의 1호차 운전병으로 군 생활을 보냈다.

군대에서 우연히 『주식투자 100가지 이야기』라는 제목의 책을 읽고 주식에 흥미가 생겨 자격증 시험을 준비했다. 대대장님을 모셔다드리고, 대기하는 시간 동안 그는 차량의 핸들을 책상 삼아 공부했다. 휴가를 나올 때마다 투자 자격증 시험을 보고, 전역할 때는 이미 3개의 자격증을 손에 쥐었다. 복학 후에도, 자격증, 토익, 인턴 생활 등 금융권 취업을 위한 준비를 지속했다. 결국, 중소형 증권사에 애널리스트로 입사할 수 있었다. 이 모든 시간은 한 가지를 증명했다.

"나는 세상이 만들어준 길 위에 있지 못했다. 내 길은, 내 손으로 만들어 나가야 했다."

그래서 도진은 세상과 부조리한 구조에 본능적인 이질감을 느낄 수밖에 없었다. 남들이 관습이라 부르는 것, 남들이 눈치 보며 모른 척하는 것, 남들이 어쩔 수 없다고 받아들이는 것— 그 모든 것에 의문을 품었다.

'왜 우리가 당연히 받아야 할 것을 받아내지 못해야 하지? 왜 시장은 기득권자들만을 위해 존재하는 걸까?'

도진은 뼛속까지 반골이었다. 그 성격은 세상을 향한 복수심이라기보다, 버림받았던 과거의 자신을 다시 일으켜 세우기 위한 것이었다.

'세상을 바꾸고 싶은 게 아니다. 단지, 나 같은 아이들이 더는 좌절하지 않게 하고 싶은 것이다.'

BC카드 광고는 여전히 사람들의 머릿속을 맴돌고 있다.

"여러분, 모두 부자 되세요."

도진은 조용히, 하지만 단호하게 중얼거렸다.
"이런 거짓말은, 더 이상 누군가의 꿈이 되어서는 안 된다."

7장
분할의 기술

2021년, 어둑한 회의실, 은밀한 자리. 조명은 낮았고, 와인 잔엔 반쯤 채워진 까르베네 소비뇽이 흔들리고 있었다. 이름을 부르는 사람은 없었다. 서로가 누구인지, 더 말하지 않아도 되는 사이였다.

"카카오는, 신이 내린 플랫폼이에요."

정장을 입은 남자가 조용히 말을 꺼냈다.

"전 국민이 매일 들여다보는 앱을, 우리가 무료로 나눠줬죠. 소비자에겐 공짜를 주고, 투자자에겐 자금을 뽑아냈습니다. 이런 구조, 흔치 않잖아요? 우리가 그걸 해낸 거죠."

옆에 있던 남자가 미소를 지었다.

"카카오게임즈, 카카오페이, 카카오뱅크… 모회사는 항상 '스토리'만 남기고, 실탄은 자회사에서 다 뽑아냈습니다. 공모주 펀드로 기관투자자들도 수익을 냈지만, 실제로 돈을 번 건 우리였어요."

한쪽 벽엔 '물적분할 후 상장 구조: 국내 특화 스핀오프 모델'이란 제목의 문서를 프로젝터가 비췄다.

"미국처럼 비핵심 사업을 털어내는 스핀오프랑은 달라요. 우리는 핵심을 분할하죠. 그리고 그 핵심에, 새 스토리를 입혀서 파는 겁니다. 시장엔 늘 '미래'를 판다. 그리고 우리는, 그 미래를 비상장 안에서 설계하죠."

그들은 아무런 죄책감도 없었다. 시장 구조를 이해한다는 건, 곧 그것을 이용할 수 있다는 의미였다.

2021년 말, 뉴욕에서 MBA를 하고 있는 도진의 강의실.

"도진, 한국 코스피가 이상해."

씨티뱅크에서 대형 브로커로 일하고 있는 크리스가 말했다.

"뭐가?"

"내가 한국 주식을 기초자산으로 하는 상품을 하나 운용하고 있는데, 카카오라는 기업 있잖아. 8월에는 카카오뱅크를 분할해서 상장시키더니, 어제는 또 카카오페이를 분할해서 상장시키더라고. 이 분할 방식이 미국하고 너무 달라서, 무슨 황금 알을 낳는 거위 같던데. 30조 원짜리 회사에서 또다시 30조 원짜리 회사가 분할돼서 나오고 그러더라고. 이게 어떻게 가능한 건지 모르겠어."

도진은 크리스가 넘겨주는 리서치 요약 보고서를 들여다봤다. 거기엔 카카오뿐 아니라 그동안 물적분할 되어 상장된 SK, HD그룹 자회사들도 포함돼 있었다.

"이거… 구조 자체가 투자자들한텐 지뢰밭이겠는데."

도진은 컴퓨터를 켰다. 그리고 서울에 있는 이승민 기자에게 메일을 보냈다.

제목: 한국 자본시장의 그림자, 물적분할은 누구를 위한 구조인가

물적분할은 단순한 기업 구조조정이 아닙니다. 지금 한국 시장에서 벌어지는 일은, 대기업과 그 주변의 세력들만 돈을 벌고, 일반 투자자에게 책임을 떠넘기는 '고립된 스핀오프 모델'입니다. 그리고 그 구조는… 다방면에서 조력자가 없다면 불가능한 일입니다.

도진은 도서관 창가에 앉아, 한국의 전자공시시스템을 뒤적였다. 분할 상장 직후 폭락한 주가들, 기관 물량 배정 비율, 보호 예수가 풀리자마자 쏟아지는 매도 물량. 그 숫자들 사이로 희미한 연결고리가 보이는 듯했다.

도진은 며칠 후 한국 뉴스를 접했다. LG에너지솔루션 공모주 청약, 역대 최대 금액 돌파.

'개인투자자들에게 따상의 환상을 심어주고, 이렇게 분할 상장을 진행하는구나.'

한편, 그의 눈엔 다른 뉴스 제목이 눈에 띄었다.

국내 증시에서 외국인 5개월 연속 순매도. 한국 시장 매력도 하락 시사.

이건 구조의 문제다. 그리고 어디선가 이 구조를 실행에 옮기기 위해 부단히 움직였을 것이다. 아주 오래전부터.

8장

구조적 약탈

    2022년 1월 19일, 서울 여의도. 이른 아침인데도 증권사 지점 앞은 붐볐다. 어제부터 LG에너지솔루션 공모주 청약이 시작됐다. 청약이 가능한 7개 증권사 고객센터에는 전화가 빗발쳤고, 통화 연결이 안 되거나 스마트폰을 잘 다루지 못하는 고연령층 고객들이 지점으로 모여들었다.

    "몇 주라도 받아야지. 이런 기회 또 있겠어?"

    "공모가가 수요예측 밴드상단인 30만 원에 결정되었는데, 기관투자자 대상으로 진행한 수요예측에서 1경 5,203조 원이 몰렸다잖아 글쎄."

    LG에너지솔루션. 국내 2차전지 산업의 미래, 그 정점 앞에 몰려든 개미들. 스스로를 납득시키며 돈을 싸 들고 줄을 서 있었지만, 사실상 그들은 설계된 판 위에 놓인 말에 불과했다.

멀리 떨어진 프라이빗 룸, 압구정 갤러리아 옆 빌딩 꼭대기. 창문 밖엔 강남 재건축 아파트들이 은빛으로 빛났다. 두 남자가 창가에 서 있었다. 이 중 한 명은 이태훈, 거래소 상장심사부 부장. 경제TV에서 뉴스가 조용히 울려 퍼졌다.

"LG에너지솔루션, 공모주 청약에 114조 원 몰려… 사상 최대 기록…."

이태훈은 빈 와인 잔을 내려놓으며 고개를 끄덕였다.

"진짜, 이번 건은 우리가 판 제대로 깔았지."

건너편 남자. 금융위 자본시장국 출신의 장민혁, 실세로 보이는 그가 나지막이 웃었다.

"보는 눈이 많았는데 말이야… 그 기자 하나가 좀 위험했지만, 이승민인가?"

"어쨌든 다 조용해졌잖아. 상장 강행하는 데 문제 하나 없었고."

이태훈은 손에 든 리모컨으로 TV 음량을 살짝 올렸다.

"이번 공모주 청약 결과 114조 원이 몰리며, 국내 기업 공개 청약의 새 역사를 기록했습니다. 7개 증권사에서 취합된 평균 청약 경쟁률은 69대1로 집계됐습니다."

그는 다시 음소거 버튼을 눌렀다.

"이거 봐, 무슨 놀이공원 대기 줄 같잖아. 공모에 줄 선

개미들은 그저 '따상' 꿈꾸고 들어온 거고."

장민혁이 고개를 끄덕였다.

"우리가 개미들까지 책임져야 하나? 정보 공개 다했고, 제도도 지켰고… 결과적으로 다들 이익 봤잖아. LG화학은 배터리 투자자금으로 수조 원을 확보했고 거래소는 이번 상장 하나로 연간 최고 성과를 찍었잖아. 증권사들은? 개인 투자자들 공모에 참여시키면서 건당 수수료 1,500원, 2,000원까지 챙겼지. 거기에 공모하면서 모인 자금을 21일까지 가지고 있으면서 이자수익도 가져간다고. 2~3일 보유한 이자수익이 200억 원이 넘는다고, 공모주 이자 장사."

이태훈은 고개를 살짝 숙였다. 정리된 가방 위에 '파인 넥스트 파트너스' 명함이 놓여 있었다.

"나, 이제 거래소 그만둔다."

"그래서? 진짜 간다고?"

"언제까지 붙어 있을 수는 없잖아. 이번 건으로 투자도 좀 받았고."

장민혁이 천천히 웃었다.

"좋네. 우리는 좋은 일 한 거야. 누구든 다 먹었고, 시스템도 무너진 거 없고."

"시장 안정을 유지한 채로, 증시에 자금 유입을 일으킨 거지. 상장하고 주가만 잘 유지되면 우리 일은 끝난 거지."

이태훈이 고개를 끄덕였다.

"아까 그 기자 놈 이름이 뭐였지? 이승민이라고 했나?"

장민혁이 찻잔을 내려놓았다.

"응. 걘 예전부터 이상하게 집요했지. 그 전에 카카오 자회사 분할 상장시킬 때부터 계속 물고 늘어졌었고."

이태훈은 생각에 잠긴 듯 손가락을 두드렸다.

"최도진이라고 독립리서치 대표 알지? 그놈하고 친하더라고. 미국서 리포트 하나 넘겼던데."

"나도 봤어. 한국의 주가지수가 이상하다는 거, 꽤 뼈를 찌르더라."

잠시 정적이 흘렀다.

"…뭐, 어차피 안 터질 거야."

"그래. 설계는 조용히, 의심은 흐리게, 결과는 예측 안 되게. 그게 룰이지."

이승민은 커피잔을 들고 있었다. 그 앞엔 도진이 보낸 리포트 초안이 프린트된 채 놓여 있었다.

『물적분할을 활용한 주가 왜곡, 한국만의 독특한 상장 구조를 통한 자금 확보, 그리고 이를 방조하는 비공개 네트워크』

천천히 고개를 끄덕이며, 메모를 시작한다.

누가 이익을 봤나?

모회사는 지분율을 뺏기지 않았고, 자회사는 대규모 자금을 조달했고, 운용사는 공모로 수익을 실현했고, 거래소는 상장수수료, 증권사는 IPO 업무 위탁, 청약 수수료, 이자수익…

피해를 본 건 기존 모회사 주주들과 따상을 노리고 상장 첫날 진입했다가 물린 투자자들.

결국 피해자는 소액주주

메모의 마지막 줄에 그는 크게 동그라미를 쳤다.

구조적 약탈

거래소에 같이 출입하는 후배 기자에게 문자가 왔다. 휴대폰 화면이 번쩍 켜졌다.

"상장심사부 이태훈 부장 퇴사"

이승민은 눈썹을 찌푸렸다. LG에너지솔루션 상장은 거

래소 역사에도 손꼽히는 대어였다. 이 정도 상장을 무사히 마무리했다면, 연말 성과 평가에서 확실한 보수, 무난한 커리어를 달성한 한 해를 보장받을 수 있었을 텐데. 갑작스러운 퇴사라니, 이해할 수 없었다.

그는 고개를 들고 창밖을 바라봤다. 1월의 서늘한 여의도 하늘, 회색빛 건물들 사이로 붉은 겨울 햇살이 스며들고 있었다.

'이건 우연이 아니다.'

그는 조용히 커피잔을 내려놓았다. 마치 결심을 굳히듯, 천천히 손가락을 쥐었다 폈다.

'이걸 어디까지 쫓아갈 수 있을까… 아니, 어디까지 감당할 수 있을까.'

몇 주 뒤. 이승민은 한 지인을 통해 이태훈이 파인넥스트 파트너스로 이직했다는 소식을 전해들었다. 파인넥스트 파트너스는 업계 Top5 안에 꼽히는 사모펀드다. 도심 한복판. 교차로를 건너는 사람들 사이로 서 있던 그는 느리게, 그러나 분명하게 속으로 중얼거렸다.

'무언가 있다.'

LG에너지솔루션이 상장한 뒤 반년 이상 지난 9월, 금융위에서 이례적으로 물적분할과 관련한 정책을 발표한다.

"이제부터 물적분할 상장은 분할 후 5년 이상 지나고 나서 가능하다."

이 조항에 따르면 LG에너지솔루션은 2020년 12월 1일 분할했기 때문에 2022년 1월 27일 상장은 불가능한 것이었다. 분할한 지 1년 2개월 만에 물적분할 상장에 성공한 것이다. 일각에서는 이를 두고 금융위가 한발 늦게 규제 정책을 발표한 것이 아니냐는 비판이 제기되기도 했다.

9장

연결고리

2025년 봄, 서울. 이승민은 몇 년간의 방황 끝에 결국 중소형 언론사에 자리를 잡았다. 대형 언론사의 화려한 간판은 더 이상 그의 것이 아니었다. LG에너지솔루션 상장을 계기로 그는 집요하게 물적분할 구조를 추적했다. 그러나 그의 집념은 조직 내부에서 환영받지 못했다.

어느 날 편집국장이 그를 불러 세웠다.

"승민아, 너도 이제 부장 달아야지. 그런데 왜 이런 기사만 파고들어? 그거 밝혀서 뭐 하니? 이미 금융당국에서 규제하겠다고 발표했잖아. 기자도 결국 실적이야. 기업이랑 관계 맺고, 광고 끌어오고, 그런 게 다 성과로 남는 거야."

순간 목구멍까지 올라온 말들이 있었지만, 그는 꾹 삼켰다. 대답할 수 없었다. 대신 조용히 사표를 내려놓았다.

그 후 승민은 소형 온라인 매체로 옮겼다. 대형 언론사에 비해 보수도, 안정성도 턱없이 부족했다. 그러나 더 이상 윗선의 전화나 광고주의 압력을 걱정할 필요는 없었다. 오로지 그의 판단과 펜만이 있었다.

그는 알았다. 자신이 좇는 길이 권력의 논리에선 무모하고 손해일 수 있다는 것을. 하지만 멈출 수 없었다. 분명히, 그 구조 안에 무언가 도사리고 있었다. 그것을 외면하는 순간, 그는 더 이상 기자일 수 없었다.

여의도, 한 조용한 카페. 최도진은 여전히 단정한 정장 차림으로 앉아 있었다. 긴 시간이 흘렀지만, 그의 눈빛만큼은 예전 그대로 날카로웠다. 그는 테이블 위에 두툼한 서류 뭉치를 펼치며 낮은 목소리로 말했다.

"이 기자님, 단서를 잡은 것 같습니다."

이승민은 조심스럽게 서류를 넘겨받았다. 표지에는 낯익은 회사명들이 적혀 있었다. 소마젠, 네오이뮨텍….

"코스닥에 상장된 해외 바이오 기업들이군."

최도진은 고개를 끄덕였다.

"기억하시겠지만, 2020년대 초반부터 외국 바이오 기업들이 기술특례를 통해 잇따라 상장되기 시작했습니다. 문제는— 수년간 적자를 이어온 회사들, 매출조차 미미한 기업들이 '기술성 평가' 하나로 상장이 가능했다는 점입니다. 그런 기업들이 왜 굳이 한국이라는 시장을 택했을까요?"

승민은 잠시 침묵하다가 담담히 맞장구쳤다.

"그때도 의문이 있었지. 신약 개발 불모지라고 불리는 한국에서 오히려 더 좋은 평가를 받았으니까 말이야."

도진이 말을 이었다.

"이 기자님, 원래 기술특례 상장은 국내 기업에만 허용됐습니다. 그런데 2019년에 한국거래소가 해외 기업에도 문을 열었죠. 금융위가 규정을 바꾸면서 가능해진 일입니다."

승민은 익히 알고 있던 사실이지만, 도진의 시선은 그보다 더 깊은 곳을 향하고 있었다.

"겉으로는 기술력 있는 해외 바이오 기업들을 우리나라에 진입시켜 '글로벌 바이오 허브'를 구축하겠다는 명분을 내세웠습니다. 하지만 실제로는 해외 기업을 끌어들여 상장시키고, 그 과정에서 발생하는 수수료와 선제적인 투자로 차익을 챙기는 세력이 있었습니다."

도진은 커피잔을 들며 조용히 덧붙였다.

"파인넥스트 파트너스. 그들이었습니다."

승민의 눈빛이 흔들렸다.

"LG에너지솔루션 상장이 처음이 아니었습니다. 이 세력은 이미 해외 바이오 기업을 앞세워, '기술특례 상장'이라는 제도 안에서 막대한 이익을 거둔 전력이 있었습니다. 겉으로는 사모펀드 운용사로 이름을 알렸지만, 실제로는 제도권 인사들을 움직여 자신들만의 룰을 만들어 왔던 겁니다."

잠시 정적이 흘렀다. 도진은 노트북을 열어 몇 건의 자료를 보여줬다.

파인넥스트 파트너스 사모투자 3호 펀드 투자설명서
소마젠 투자계약서 초안
네오이뮨텍 상장심사 보고서

그리고 그 옆에는, 두 기업의 주가 차트가 있었다. 가파른 폭락. 상장가 대비 10분의 1 수준. 소마젠, 네오이뮨텍 모두 상장 이후 계속 적자를 이어갔고, 네오이뮨텍은 상장 후 손실금액만 2,000억 원이 넘는다. 두 회사 모두 사실상 상장폐지 직전의 상태다.

네오이뮨텍 연도별 실적추이

구분	2021	2022	2023	2024	2025 상반기
매출액	0	0	0	2	0
영업이익	-519	-582	-556	-400	-148
순이익	-525	-604	-534	-409	-154

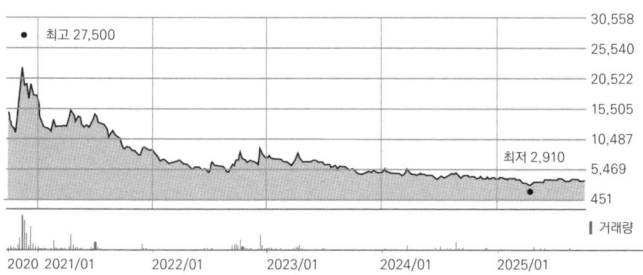

소마젠 주가 차트(2025년 10월 2일 기준)

최고 27,500

최저 2,910

거래량

2020 2021/01 2022/01 2023/01 2024/01 2025/01

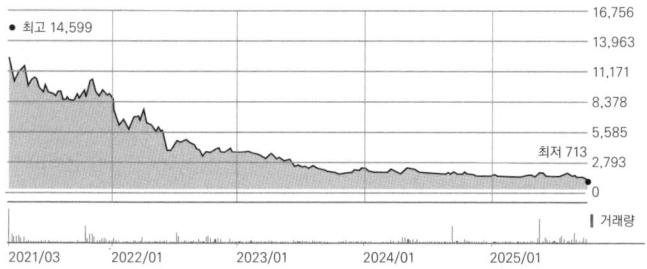

네오이뮨텍(2025년 10월 2일 기준)

최고 14,599

최저 713

거래량

2021/03 2022/01 2023/01 2024/01 2025/01

이승민은 노트북 화면을 바라보다가 낮게 중얼거렸다.

"결국, 피해자는 또 개인 투자자네."

도진은 짧게 웃었다.

"언제나 그렇죠."

잠시 후, 승민은 서류를 가방에 넣으며 무겁게 말했다.

"해외 바이오 기업 기술특례 상장, LG에너지솔루션 물적분할 상장… 결국 같은 맥락이었군. 처음부터, 이 구조를 만들기 위해 치밀하게 설계된 것이었어."

도진은 조용히 커피잔을 들어 올리며 고개를 끄덕였다.

"맞습니다. 그래서 우리가 이걸 반드시 밝혀내야 합니다."

사무실로 돌아온 이승민은 조용히 문을 닫았다. 형광등 불빛 아래, 흩어진 서류들이 그의 시선을 기다리듯 책상 위에 놓여 있었다.

그는 가방에서 도진이 건넨 자료를 꺼내 올려놓았다. 묵직한 무게가 손끝에 느껴졌다.

'이제 어디서부터 파고들어야 하지? 증거가 필요하다. 명백하고, 부인할 수 없는 것.'

그는 노트를 펼치고 메모를 하기 시작했다.

· *상장심사 기록*

거래소 상장심사부 내부 문건.

심사 의견서, 상장 적격성 검토 자료.

소마젠, 네오이뮨텍 기술 심사 과정에서 누가 무리하게 상장을 관철했는가.

하지만 그는 곧 머리를 저었다.

'내부고발자 없이 이런 내용을 취재하기엔 무리가 있다. 누군가 입을 열지 않으면, 문건은 끝까지 봉인될 테니까.'

· **파인넥스트 파트너스 3호 펀드 투자 약정서**

투자 자금 모집과 집행 과정에서 '특혜성' 거래 흔적.

어떻게 파인넥스트 파트너스가 투자금을 확보했고, 어디에 먼저 자금을 배분했는지.

'해당 사모펀드의 출자자 명단과 배분 내역을 추적하면 단서가 있을지도 모른다. 자금이 지나간 흔적을 따라가 보자.'

· *증권사 IPO 주관 기록*

공모 주관사와 IPO 기업 간의 관계. 기관 투자자 배정 내역, 풋백옵션 조건 등.

그는 다시 자세를 바로 하고 메모장 한쪽에 굵은 글씨로 써 내려갔다.

해외 기업 기술특례 허용(2019) → 2020년 소마젠 상장 → 사모펀드 자금 회수

한국거래소의 기술특례 상장은 애초 국내 기업만의 제도였다. 그러나 2019년 규정 개정 이후, 소마젠과 네오이뮨텍 같은 해외 기업이 그 문을 통과했다. 그 전까지 해외의 기술 기업들이 국내에 상장하기 위해서는 '테슬라 요건 (이익 미실현 기업 상장)'을 이용해야 했다. 하지만 그 제도는 상장 주관사에게 막대한 부담을 지운다.

"IPO 이후 3개월 동안 해당 기업의 주가가 공모가보다 10% 이상 떨어지면, 주관사가 공모가의 90%로 다시 사줘야 한다."

바로 풋백옵션 조항이다. 주관사들이 가장 꺼리는 리스크로 그들이 기피할 수밖에 없는 상장 방식이었다. 그래서 해외 바이오 기업들은 테슬라 요건 상장을 시도했지만 주관사를 구하기 어려웠다. 바로 그때, 금융위가 해당 규정을 고친 것이다.

'해외 바이오 기업에도 기술특례 상장 허용.'

그 명분은 '글로벌 바이오 허브.'

이승민은 노트에 마지막 문장을 굵게 적었다.

사람은 거짓말을 해도, 돈은 거짓말을 하지 않는다.

거래소 상장심사부, 파인넥스트 파트너스, 금융위. 세

개의 줄기를 관통하는 자금 흐름이 있을 것이다. 그때였
다. 휴대폰이 갑자기 진동했다. 이승민은 화면을 내려다봤
다. 알림창에 뜬 짧은 문자.

"이태훈 – 파인넥스트 파트너스 대표이사 취임"

후배 기자가 보낸 정보 보고 알림이었다. 그는 핸드폰을
오래 내려다봤다.

도진의 말이 귓가에 맴돌았다.

"이 기자님. 단서를 발견한 것 같아요."

퍼즐 조각이 맞춰지며 그의 눈빛도 달라지고 있었다.

10장

그림자 속으로

2025년 4월 말. 여의도. 강변이 내려다보이는 한 카페. 평일 오전임에도 창밖으로는 정장을 입은 사람들이 바삐 움직였다. 그 소란스러움과는 동떨어진 자리에서, 세 사람이 모였다.

최도진, 이승민 그리고 유정민. 이 셋이 한자리에 모인 것은 처음이었다. 하지만 단순한 첫 만남이 아니었다. 서로 다른 자리에서, 다른 방식으로 권력과 돈의 흐름을 목격해온 세 사람. 한 명은 제도의 빈틈을 직접 파헤쳐온 분석가였고, 한 명은 그 빈틈을 집요하게 추적해온 기자였고, 또한 명은 정치의 심장부에서 개혁을 주도할 수 있는 실무자였다.

각자 다른 조각을 쥔 채 살아온 세 사람이, 처음으로 같은 테이블에 앉은 순간— 퍼즐은 비로소 그림을 드러내기 시작했다.

정민이 먼저 입을 열었다.

"오늘 얘기는 곧장 후보님께 보고하겠습니다. 중요한 사안이니까요."

그는 차분하게 말했지만, 손끝은 펜을 움켜쥔 채 긴장으로 미세하게 떨리고 있었다.

도진은 고개를 끄덕이며 가방에서 서류를 꺼냈다. 이승민이 그의 옆에서 노트북을 열어 자료를 띄웠다. 화면에는 도진과 이승민이 며칠 동안 정리한 파인넥스트 파트너스, 거래소, 금융위의 연결고리가 일목요연하게 정리되어 있었다. 선과 화살표가 얽혀 있는 그 도표는, 마치 미로 같으면서도 단 하나의 방향을 가리키고 있었다.

정민은 잠시 화면을 바라보다가 진지하게 물었다.

"결론부터 말해주세요. 물적분할이란 상장 방식이 우리 주식시장을 어떻게 움직이고 있었던 겁니까?"

이승민은 숨을 고르더니, 단호하게 답했다.

"상장을 통한 자금 인출 구조입니다. 대기업은 신규 상장으로 단기간에 투자금을 회수하고, 거래소는 상장 수수료와 거래대금 증가로 실적을 올립니다. 또, 일부 기관 투자자는 미리 정보를 알고 투자하거나, 특혜성 약정으로 확실한 이익을 챙겼습니다."

정민은 담담히 물었다.

"그렇다면 개인 투자자들은?"

잠시 침묵이 흘렀다. 도진이 대신 답했다.

"아무것도 모른 채, 고평가된 상장주를 떠안는 거죠. 결국 피해는 개인에게 집중됐습니다."

정민은 펜을 움직이며 메모를 남겼다.

대기업 – 자금 확보, 거래소 – 수수료 수익, 기관 – 특혜 실적, 개인 – 피해.

단어 몇 개만 적혔지만, 그것이 후보에게 보고될 때는 정치적 파장이 될 수 있었다.

창밖에는 봄 햇살이 여의도 거리를 비추고 있었다. 평화로운 풍경과 달리, 세 사람 사이 공기는 점점 무겁게 내려앉았다.

정민은 고개를 들며 속으로 다짐했다.

'이건 제도의 허점이 아니라, 수많은 투자자들의 분노가 쌓여 있는 문제다. 그들의 목소리를 얻는다면, 후보님에게 강력한 힘이 될 것이다.'

며칠 뒤, 늦은 밤이었다. 이승민의 휴대폰이 울렸다. 발신자는 사회부 후배 기자. 한때 함께 '시경팀(신입 기자들이 거치는 경찰서 출입 취재팀)'에서 밤새워 라면을 끓여 먹던 믿을 만한 후배였다.

"선배, 어제 제가 강남경찰서 당직이었는데요."

후배의 목소리에는 주저가 묻어 있었다.

"증권사 직원 하나가 술에 취해 들어왔는데… 단순한 주취 난동이 아닌 것 같아서요."

"뭐가 이상한데?"

이승민이 낮게 묻자, 후배가 숨을 고르며 답했다.

"파인넥스트 파트너스 법무팀 변호사가 직접 와서 데려갔습니다. 그냥 폭행 사건 같았으면 그럴 리 없잖아요. 선배가 요즘 그쪽 취재하신다고 해서…."

전화가 끊기자, 승민은 잠시 휴대폰을 내려놓았다. 직감적으로 느껴졌다. 이건 그냥 넘길 사안이 아니다.

다음 날 승민은 일어나자마자 바로 강남경찰서로 향했다. 낡은 청사 특유의 차가운 공기, 형광등 아래 삐걱대는 철제 의자. 사회부 기자 시절 수없이 드나들던 취재 현장이었지만, 오늘은 그때와 전혀 다른 긴장감이 감돌았다. 기록을 확인하는 데 오래 걸리지 않았다.

강민수 / M증권사 강남센터 소속 PB / 30대 중반 / 경력 5년 차 / 직급 과장 / 미혼

단순한 주폭 사건으로 보였지만, 그가 취재해 오던 파인넥스트 파트너스와의 연결고리가 되기 충분했다.

2025년 4월 30일 수요일 23:30
피해자는 술에 취해 귀가 도중, 사채업자들에게 붙잡혀 도망치다가 경찰서로 오게 됨.
사채업자들에게 지속적인 협박 및 폭행을 당했다고 주장.
원인은 5억 원 규모의 개인 채무 발생.
이유는 주식 투자 실패.
술에 만취해 강민수는 경찰서에서 잠이 들었고, 다음 날 아침 강민수는 진정한 듯, '별일 아니었다'며 사건 접수를 취소.
그리고 누군가와 함께 조용히 사라졌다.

기록 말미에는 낯선 명함이 하나 첨부돼 있었다.
'파인넥스트 파트너스 법무팀 변호사 〇〇〇'
이승민은 직감했다.
'이건 개인의 사건이 아니다. 뭔가, 더 큰 게 걸려 있다.'

M증권사 강남센터. 이승민은 오랜 인맥을 동원해 강민수 주변을 알아봤다. 하지만 결과는 의외였다. 이미 몇 주 전, 그는 사표를 내고 자취를 감춘 상태였다. 휴대폰은 꺼져 있었고, 집 주소로 찾아가도 흔적이 없었다.

결국, 승민은 강민수를 가장 잘 아는 사람을 통해 단서를 얻고자 했다. 그렇게 소개받은 인물이 바로 박소은이었다. 강민수와 같은 입사 동기. 그리고 한때 연인이었던 사람.

카페 한쪽 구석, 박소은은 조심스럽게 고개를 숙인 채 커피잔을 만지작거리고 있었다.

이승민이 말했다.

"그냥 동기였던 사이가 아니라… 좀 더 가까운 사이였던 거죠?"

박소은은 잠시 망설이다가 고개를 끄덕였다.

"…네, 한때 사귀었어요. 민수와는 근무하는 지점이 달랐지만, 헤어진 후로도 계속 친구 사이로 연락하고 지냈고, 가끔 만나기도 했어요. 이번에 큰 프로젝트에 참여하게 됐다면서, 이제 정말 달라질 거라고 기대하던 참이었는데…"

그녀는 손끝으로 커피잔을 만지작거리며 말을 이었다.

"얼마 전 회사에 사표 내고, 연락도 끊겨서 걱정했었어요. 그런데 기자님 연락을 받고 저도 깜짝 놀랐어요. 민수가… 사채라니…."

승민은 그녀의 시선을 피하지 않고 잠자코 기다렸다.

잠시 후, 박소은은 숨을 고르고 다시 입을 열었다.

"민수는 원래 성실했어요. 그런데… 강남센터로 발령이 나면서 조금씩 달라지기 시작했어요. 강남센터는 특별했거든요. 그곳은 말 그대로 VIP 고객들이 넘쳐났어요. 정, 재계 인사들뿐 아니라, 대기업 총수 일가, 연예인, 스포츠 스타, 인플루언서까지…. 민수가 언젠가 그러더라고요. 매일 수십억, 수백억짜리 계좌들을 관리하면서… 점점 생각이 변해갔다고. 민수가 달라진 건, 그때부터였어요."

잠시 생각을 떠올리던 박소은은 다시 말을 이었다.

"민수가 강남센터로 옮긴 지 1년쯤 되었을 무렵, 지점장과 부지점장이 나란히 외부 손님을 직접 엘리베이터까지 배웅했대요. 이례적인 일이었다고 했어요. 부지점장은 서둘러 들어오면서 민수를 불러 빨리 PB들을 호출해 전체 회의를 잡으라고 했고, 지점장은 몇몇 종목 리스트를 주면서 애널리스트 보고서나 최근 기사를 찾아서 회의 자료로 준비하라고 했대요. 그렇게 지점 미팅이 있었고, 민수한테 조사 맡긴 종목들을 성장 기대주로 제시하면서 찍어줬다는 거예요. 매매할 것 없으면 이것들 위주로 하라고. 민수는 몇 주간 해당 종목들의 주가를 관심 있게 보다가 깜짝 놀랐대요. 돌아가면서 수십 퍼센트씩 치솟았다는 거예요. 호재성 뉴스들이 연이어 터졌대요. 정부 정책 수혜, 무상 증자, 어닝 서프라이즈 같은 것들 말이에요. 나중에 들은 이야기지만, 그때 그 외부 손님이 무슨 대형 사모펀드 임원이었다고 하더라고요. 이 이사라고 불렸던 것 같아요."

이승민의 메모하던 손이 순간 멈췄다.

"이태훈."

정적이 흘렀다. 박소은의 눈이 커졌다.

"맞아요. 파인넥스트 파트너스 이태훈 총괄이사. 지금은 대표이사로 승진했다는 얘기를 들었어요."

이승민은 핸드폰을 꺼내며 물었다.

"소은 씨, 혹시 민수 씨 부모님 연락처 아세요?"

박소은은 조심스럽게 답했다.

"예전에 어머님을 뵌 적 있어요. 연락처 찾아보면 있을 거예요. 보내드릴게요."

사무실로 돌아온 이승민은 오늘 인터뷰 내용을 정리하기 시작했다. 노트북을 열어 타자를 입력했다.

강남센터 이태훈 방문 → 특정 종목 추천 → 지점 PB 회의
→ 강민수는 내부정보를 믿고 몰빵 → 사채 빛 → 파산

'그런데 왜 경찰서에 있는 강민수를 파인넥스트 파트너스 소속의 변호사가 빼내 간 걸까?'

이승민은 조용히 생각했다.

'강민수만 찾을 수 있다면. 그의 입에서 그날 회의와 이태훈 이름이 직접 나온다면. 이 연결고리를 확실히 매듭지을 수 있다.'

하지만 강민수와 연락이 닿지 않았다. 회사는 퇴사 처리됐고, 부모님도 민수는 잘 지내고 있다는 말만 되풀이했다. 사채업자들조차 빌려준 돈은 이미 받았다고 했다. 그는 마치 흔적을 지운 듯, 자취를 감췄다.

며칠 뒤, 사회부 기자 후배에게 연락이 왔다.

"선배, 강민수 그 친구… 필리핀으로 나갔다고 합니다."

전화기를 내려놓은 이승민은 말없이 창밖을 바라보았다.

여의도 밤거리. 텅 빈 도로 위로 가로등 불빛이 번지고 있었다. 그 빛은 평온해 보였지만, 승민의 가슴 한편에서는 거대한 소용돌이가 더 깊어지고 있었다.

11장
드러나는 실체

서울 여의도, 멀찍이 국회가 보이는 한 건물의 15층. 선거사무소가 아닌 '정책기획실'이라 이름 붙여진 사무공간.

장민혁은 문을 열기 전, 넥타이를 한 번 더 고쳐 맸다. 사무실 문이 열리자 안쪽에서 일제히 시선이 쏠렸다.

"장민혁입니다."

그는 금융위에서 잔뼈가 굵었고, 증권시장 구조개편, 코스닥 활성화, 공매도 제도 정비 등 굵직한 정책의 배경에 그의 손이 닿지 않은 곳이 거의 없었다. 5년 전, 그는 돌연 사표를 냈다.

"정책은 이상을 보고 계획되지만, 시장의 방향을 결정하는 것은 정책이 아니었다."

그가 남긴 이 말은, 관료로서 아무리 좋은 정책을 만들어 내도 시장은 뜻대로 움직이지 않는다는 체념이자 고백이었다.

자리에 앉아 있던 몇몇 보좌진들이 인사를 하며 고개를 숙였다. 하지만 그들의 눈빛엔 환영보다는 관망이, 호기심보다는 경계심이 담겨 있었다. 그중 한 명이 먼저 일어섰다. 40대 중반으로 보이는, 군더더기 없는 외모의 남자. 유정민이었다. 캠프 내 정책기획파트의 실무 책임자이자, 이창명 후보의 핵심 보좌관이었다.

"장 실장님, 드디어 뵙네요. 말씀 많이 들었습니다."

유정민이 먼저 입을 열었다.

"네, 저도요."

장민혁이 짧게 맞받았다.

유정민은 손을 내밀며 웃었지만, 그 미소는 금방 사라졌다. 자신보다 나이가 많고, 영향력 있는 인물이라는 이유 때문만은 아니었다. 장민혁에게선 설명하기 어려운 이질감이 본능적으로 느껴졌다.

장민혁은 그 불편함을 즐기는 듯 미세한 눈웃음을 지었다. 그는 이런 식의 환영이 오히려 편했다. 속내를 감추지 않아도 되는 자리에 들어왔다는 증거였으니까.

"후보님께 캠프 합류 보고는 드렸습니다. 유세 일정 체크해서 조만간 따로 자리 마련하겠습니다. 우선 내부 정책

팀과 공유할 금융 정책들부터 같이 만들어 가시죠."

유정민이 형식적인 안내를 덧붙인 건 예의 차원이 아니라 이 자리에서 누가 프레임을 짜고, 누가 지시를 따를지 미리 선을 그어두려는 주도권 관리 성격이 강했다.

며칠 후, 정책기획실 회의실. 이창명 캠프의 '경제정책비전 2차 초안'을 두고 내부 논의가 진행 중이었다. 한 실무자가 조심스럽게 말했다.

"상법 개정안은 캠프 핵심 메시지로 이미 언론에 언급된 상태입니다. 경제민주화의 핵심이자, 재벌개혁의 상징이니까요. 우선, 자산 총액 2조 원 이상 상장회사에 대해서는 집중투표제 의무화 조항이 포함될 예정이고, 감사위원회 위원 중 최소 2인을 분리 선출하도록 하는 조항이 반영될 것입니다. 또한 다중대표소송제는 기존에 도입되어 있던 제도를 더 확대, 보완하는 형태로 가져가려고 합니다."

장민혁은 회의 자료에서 눈을 떼지 않고 조용히 입을 열었다.

"해당 정책의 실행 가능성은 어느 정도로 보십니까?"

실무진이 당황한 듯 머뭇거렸다. 그 틈을 타 장민혁이 말을 이었다.

"제가 말하는 실행이란, 국회 통과 얘기가 아닙니다. 실제로 이 안이 도입됐을 때, 상장기업 중 몇 퍼센트가 기존 지배구조를 유지한 채 R&D나 인력 투자를 확대할 수 있을지를 묻는 겁니다."

회의실은 일순 조용해졌다.

"지금 이 정책은 투자자 보호라는 미명 아래, 지배구조 리스크를 기업에 전가하고 있습니다. 결과적으로 기업들은 방어적 재무 전략을 취할 겁니다."

장민혁은 앞에 높인 자료를 한 장 넘겼다.

"지난 5년간 대기업들은 이미 지배구조 개편 압력에 대비해 사내 유보율을 사상 최고 수준으로 올려놨습니다. 당기순이익의 50% 이상이 배당이나 투자로 가지 않고 '현금성 자산'으로 남아 있습니다. 그 이유가 뭡니까? '경영권 방어 비용'이에요."

누군가 마른침을 삼켰다. 장민혁은 이어 말했다.

"감사위원 분리 선출이 도입되면, 기관투자자 중심으로 연합주주권이 형성될 겁니다. 그 순간, 주요 계열사에서 외부 감사가 통제권을 갖게 되고, 오너는 연결 지배력을 유지하기 위해 해외 자회사 지분을 직접 사들이거나, 내부거래 구조를 바꿔야 합니다. 이게 R&D 확대나 신규 고용에 긍정적인 환경입니까? 우리가 예상한 방향과 다를 겁니다. 기업들은 수세적 방어 기조로 전환할 가능성이 높습니다."

유정민은 조용히 장민혁의 말을 끝까지 듣고, 손끝을 깍지 낀 채 고개를 들었다.

"맞습니다. 기업들은 방어적으로 움직일 수 있습니다. 지배구조 리스크, 투자 위축, 보수적 현금관리 등등 다 예상 가능한 반응이죠."

그는 한 템포 쉬었다.

"하지만 실장님, 그건 과거형 프레임입니다. 지금 시장이 원하는 건 단순한 '안정'이 아닙니다. 구조의 재설계입니다."

회의실 화면을 가리키며 말을 이었다.

"OECD 주요국 중에서도 한국만 유독 집중투표제와 다중대표소송 도입이 늦었습니다. 한국의 이사회는 아직도 내부 경영진에 의해 봉쇄된 구조고, 대다수의 소액 주주는 배당 외에는 의사결정에 영향력을 행사할 수 없습니다. 이 구조를 바꾸는 순간, 시장은 단기적으로 움츠릴 수 있겠죠. 하지만 그다음은 다릅니다."

유정민은 화면을 넘겼다. 슬라이드에는 "상법 개정 → 지배구조 개선 → 외국 투자자 유입 → 기업 밸류에이션 상향 → 코스피 5,000pt 시대"라는 선형 흐름도가 그려져 있었다.

"현재 코스피 상장기업의 평균 PBR은 0.9배에 불과합니다. 기업가치가 아니라, 의결권 집중 구조와 오너 리스크 때문에 시장에서 기업가치를 제대로 인정받지 못하고 있기 때문이죠. 지금 우리가 손대는 건 '상법'이 아니라, 시장 전체의 밸류에이션 프레임입니다."

그는 장민혁을 바라보며 덧붙였다.

"이제라도 지배구조 문제를 바로잡지 않으면, 글로벌 투자자들이 한국 시장에 본격적으로 들어올 일은 없을 겁니다."

잠시 침묵이 흘렀다.

"후보님의 생각도 같습니다."

유정민은 곧바로 정치적 맥락으로 전환했다.

"경제민주화, 상법 개정, ESG 거버넌스 강화. 이 세 가지는 단순한 제도 변화가 아니라, 한국 시장이 '재평가'될 수 있다는 신호입니다. 지금까지 시장은 늘 기업의 입장만 반영했습니다. 이젠 주주의 시대입니다. 그것이 바로 후보께서 말씀하신 '5,000pt 시대의 조건'입니다."

자정 무렵, 강남 청담동의 한 사무실.

이태훈은 창밖을 바라보다 문 열리는 소리에 고개를 돌렸다.

"왔어?"

장민혁이 말없이 들어와 소파에 털썩 앉았다. 와이셔츠

단추는 두 개쯤 풀어졌고, 넥타이는 이미 뒷주머니에 구겨져 있었다.

"캠프는 좀 어때?"

이태훈이 물었다.

"생각보다 세더라."

장민혁은 짧게 말했다.

"유정민. 그놈이 후보 옆에서 오래 버틴 이유가 있더군."

이태훈은 미간을 찌푸렸다.

"네가 밀어붙이지 못할 정도면, 단순한 브레인은 아니겠네."

장민혁은 물 잔을 들고는 한숨을 섞어 삼켰다.

"문제는… 이제 상법 개정이 캠프 전체의 경제 비전이 됐다는 거야. 원래 구호에 불과했는데, 지금은 드라이브를 걸고 있어. 경기 침체로 다들 먹고살기 힘들다고 하니까, 증시를 붐업시켜서 유권자들을 잡아보겠다는 거지."

그는 쓸쓸하게 웃으며 말을 이었다.

"하지만 그게 본질은 아니야. 기업들은 이미 투자를 멈췄고, 전부 해외로 빠져나가고 있어. 그런데 그 위에 제도 리스크를 하나 더 얹어? 이 후보가 정권 잡는 순간, 상반기 안에 주요 그룹들 전부 투자계획 다시 짜야 할 거다. 게다가 캠프 안에선 이걸 '시장개혁'이라고 부르고 있어."

"개혁?"

이태훈이 되물었다.

"삼성, SK, 현대, LG… 다들 눈치만 보고 있는데, 이걸 개혁이라고 밀어붙이면, 다음 타깃은 어디겠냐. 한화, 포스코, CJ, LS…로 줄줄이 이어지겠지. 지배구조 개편이라는 이름으로 기업을 옥죄어서, 복지 재원은 거기서 짜내겠다는 거지."

이태훈이 조용히 웃었다.

"어쨌거나 결국 위에서 불붙으면, 밑에선 기대감인지 공포인지 모를 수급이 움직이겠네."

장민혁은 말없이 고개를 끄덕였다.

"좋아."

이태훈이 낮은 목소리로 말했다.

"그래서 우리가 짝이 맞는 거잖아. 너는 질서를 짜고, 나는 그 질서를 잘 활용해서 기회를 만들고."

잠시 침묵이 흐른 후 장민혁이 조용히 말했다.

"이번엔 진짜 조심해야 해. 캠프 안에서도 예민하게 굴고, 유정민도 정찰망을 넓게 깔고 있어."

이태훈은 조용히 문을 닫고, 방금 나간 장민혁의 뒷모습을 잠시 떠올렸다. 사무실은 고요했고, 탁자 위에 놓인 태블릿 화면만이 희미한 불빛을 내고 있었다.

며칠 뒤, 같은 태블릿 화면에 속보가 올라왔다.

「삼성전자, 미국 내 반도체 생산 확대 추진」
「현대차, 미 조지아에 2조 원 추가 투자 계획 발표」
「트럼프 '미국 내 제조기업에 세제 혜택' 검토」

이태훈은 기사 제목을 눈으로 따라가며 피식 웃었다. 기사 하단에는 익명의 재계 고위 관계자 코멘트가 붙어 있었다.

"최근 국내 정책 불확실성이 커지는 상황에서, 상대적으로 규제가 덜한 미국 시장은 중요한 대안이 되고 있다."

그는 컵에 남은 물을 한 모금 마신 뒤 중얼거렸다.
"…봐라. 타이밍이 기가 막히잖아. 캠프 안에 있으면서, 바깥이 먼저 반응하게 만드네."
국내 정책 불확실성이란 이름으로, 기업들이 자연스럽게 해외 투자로 발길을 돌리게 만드는 흐름. 마치 '트럼프가 부르니까 어쩔 수 없다'는 구실을 얻은 듯, 이제 대기업들은 공개적으로 해외 확장을 정당화할 수 있었다.

이태훈은 고개를 저으며 씁쓸하게 웃었다.

"정책은 만드는 게 아니지… 상황이 그렇게 흘러가게 설계하는 놈이야, 장민혁은."

태블릿 화면을 덮으며 혼잣말이 흘러나왔다.

"이건 '도망칠 수 있는 구실'을 만들어준 거야. 이제는 '국내 투자 줄이겠다'고 말할 필요조차 없지. 그저— 미국이 부르니까 간다고 하는 거지."

12장

코스닥 벤처 시장

2000년 연말, 서울 테헤란로.

당시 테헤란밸리라고도 불렸던 이곳은 '한국의 실리콘밸리'라는 이름 아래 광기의 광맥처럼 타올랐다. IMF 사태 이후 급속히 위축된 경제를 되살리겠다는 정부 주도의 벤처 육성 드라이브는, 테헤란로를 전무후무한 투기의 현장으로 만들었다.

벤처기업, 사모펀드, IR대행사, 공직에서 막 내려온 관료들, 그리고 정체불명의 자금들이 한데 뒤섞였다. 사무실은 24시간 내내 불이 꺼지지 않았고, PPT 슬라이드 몇 장이면 수십억 원이 오가는 투자가 순식간에 성사되곤 했다.

그 열기 속에서 한 벤처캐피탈 대표는 허탈한 웃음을 지으며 이렇게 말했다.

"이전에는 정치자금이 사과상자에 담겨 움직였다면, 지금은 코스닥이라는 벤처 시장을 통해 지분 거래로 흘러가. 시장논리? 다 거짓말이지. 결국 정권 논리지."

이 말은 시간이 지나면서 테헤란밸리의 본질을 꿰뚫는 결정적 문장으로 남았다.

도진의 시선은 과거 기사와 국회 자료, 공시 데이터에 꽂혀 있었다. 지금 여의도에서 벌어지는 흐름은 과거와 너무도 닮아 있었다. 성지개발, 형신I&C, 삼경물산 같은 종목들은 이창명 후보 지지율이 높아지기 전부터 급등을 거듭하며, 동일한 패턴을 보여 왔다.

테마가 정해지고, 특정 세력이 매집을 시작하면 텔레그램 등을 통해 해당 정보가 확산됐고, 마지막엔 언론 보도가 그것을 정당화했다. 실적보다는 기대, 기업가치보다는 스토리, 펀더멘털보다는 그들만의 네트워크가 시장을 움직였다.

도진은 직감했다. 이건 우연이 아니라 반복이었다. 유사한 테마, 유사한 수급, 유사한 키워드와 메시지, 그리고 유사한 브로커들의 움직임. 단지 등장인물의 얼굴과 기업의 로고만 바뀌었을 뿐, 본질은 2000년의 테헤란밸리와 다르지 않았다.

과거 코스닥 시장이 벤처육성의 무대로 포장됐던 것처럼, 지금도 정책 수혜주 혹은 재건, 인프라, 수소 같은 각종 테마주들이 유사한 구조로 움직이고 있다. 당시엔 정보통신부가 주도했지만, 지금은 각 대선후보 캠프의 정치공약이 흐름을 주도한다는 점만 다를 뿐 공공 프로젝트나 정치적 슬로건을 앞세운 종목의 등장은 계속 되풀이되고 있다.

　　최근 성지개발은 우크라이나 재건 관련 뉴스와 함께 급등했고, 형신I&C는 공공정책 수혜 기대감 속에 단기간 급등 랠리를 연출했다. 삼경물산은 국가 차원의 '탈플라스틱' 로드맵을 수립하겠다는 정책공약과 맞물려 텔레그램 단골 종목으로 반복 등장하며 수상한 흐름을 보였다. 이들 주가는 모두 실적이나 자산가치보다는 스토리텔링으로 움직였고, 일정 구간 이후 급락하는 구조까지도 과거 작전주의 전형을 그대로 답습하고 있다.

　　도진은 2000년 『신동아』에 수록되었던 기사를 곱씹었다.

　　"형식은 엔젤투자, 내용은 주식상납…."

　　당시 김대중 정부는 벤처를 통해 실업을 해소하고 신성장동력을 만들겠다는 명분으로 벤처붐을 조장했다. 정부는 2005년까지 벤처기업 4만 개를 육성하겠다는 계획을 세웠고, 부처마다 벤처 관련 예산이 대폭 편성됐다.

그러나 현실은 달랐다. 벤처기업들은 검증 없이 선정됐고, 벤처 확인서 발급은 곧 정치적 연줄의 상징이 되었다. 정보통신부, 산업자원부, 중소기업청, 과학기술부뿐 아니라, 문화관광부, 환경부, 농림부까지 벤처지원 정책을 남발했다.

그 결과, 정부는 벤처기업 위에 군림하는 존재로 자리 잡았다. 민간 자금 조달은 정치적 인맥의 유무에 따라 극명히 갈렸고, 벤처 인증은 곧 상장에 이르는 패스포트가 됐다. 누가 인증을 받았는지는 곧 누가 권력을 쥐었는지를 의미했다. 창업 초기부터 관료 출신이 경영진에 합류하는 경우가 늘었고, 이들은 정부 자금과 공공기관 발주를 끌어오며 몸집을 불려 나갔다.

IR대행사와 브로커들은 서울 여의도와 강남 사이를 오가며 벤처 기업들의 성장 스토리를 전파했고, 투자심사역들은 이미 배정된 물량을 포트폴리오에 끼워 넣는 데 급급했다. 상장 전 대량으로 확보된 주식은 공모가보다 훨씬 낮은 가격에 특정 인물들에게 흘러 들어갔다. '엔젤투자'라는 이름으로 무상 혹은 상징적 금액에 주식을 받은 정치권 인사들의 이름은 루머 속에 은밀히 돌았다.

당시 벤처캐피탈 업계에서 투자 판단의 기준은 성장성

이 아니라 '권력과의 거리'였다. 누가 어떤 정치인의 동문인지, 어떤 정당 행사에 얼굴을 비췄는지가 중요한 지표였다. 한 유력 창투사의 심사역은 이렇게 회상했다.

"벤처기업의 비즈니스 모델보다, 대표이사의 술자리 네트워크가 더 중요했다."

그 구조는 이미 하나의 생태계를 이루고 있었다. 정치인들은 정책 드라이브를 걸고, 관료들은 벤처기업으로 내려갔으며, 창투사는 그들의 이력과 인맥을 분석해 자금을 흘려보냈다. IR대행사는 스토리를 입히고 언론과 교감했으며, 사설 정보지는 이를 정제된 루머 형태로 가공해 시장의 기대를 부풀렸다. 고급 정보는 증권사 PB를 통해 VIP 고객에게 전달됐고, 공모 전 물량은 언제나 같은 손에 집중됐다.

그리고 지금, 도진이 조사하고 있는 시장에서도 유사한 연결고리가 감지되고 있었다. 최근 정부가 발표한 12조 원 규모의 대규모 추경 편성과 함께, 각 대선 후보들이 AI, 반도체, 인프라 투자를 핵심 공약으로 내세우자 관련 종목들이 일제히 급등하기 시작했다. 건설, SOC, 데이터센터, AI, 로봇 등의 키워드를 단 종목에 수급이 집중됐고, 텔레그램을 통해 지라시가 퍼지며 테마는 순식간에 확산됐다.

놀랍게도 그중 상당수는 정치인 또는 고위 관료 출신과 직간접적으로 연결된 기업이었고, "이번엔 다르다"는 스토리에 다시 한번 현혹됐다. 하지만 도진의 눈에는, 그 모든 것이 데자뷔였다.

정부 주도의 대규모 예산, 정권 말기의 시장, 반복되는 테마와 브로커들의 설계된 움직임. 얼굴만 바뀌었을 뿐, 구조는 여전히 그대로였다. 도진은 혼잣말처럼 중얼거렸다.

"이건 그냥 투자가 아니라, 시스템을 설계한 거야. 시장 전체가 정권의 돈줄이었어. 그리고 지금도 마찬가지야."

그는 노트북 메모장을 열고 타이핑했다.

· 정권 말기 자금 동원
· 벤처붐 재점화와 코스닥 띄우기
· IR대행사 – 창투사 – 브로커 – 정치인이 연결된 금융 네트워크
· 공모 전 배정 물량 통한 비공식 자금화
· 전관 출신 관료의 창업 이력과 상장 브릿지
· 고급 정보의 비공식 유통 경로
· 최근 급등한 건설, 인프라, AI, 지역화폐 관련 테마주

그는 문서를 저장하며 잠시 멈췄다. 지금 코스닥 시장

은 과거보다 더 정교하고, 더 빠르고, 더 혼탁해졌다. 기술 특례, 테슬라 상장 등의 이름으로 실적 없는 기업들이 계속 상장되고 있었고, 상장 후 수년이 지나도 적자를 벗어나지 못하는 종목이 대부분이었다. 이런 기업들의 시가총액이 천문학적으로 부풀려진 채, 외국인은 매일같이 순매도를 이어가고 있다. 이제 남아 있는 건 개미 투자자들과, 테마주를 주도하는 세력들뿐이다.

도진은 이 현실을 폭로하고 싶었다. 이대로 가면, 코스닥은 신뢰를 회복할 수 없다고 생각했다. 그러기 위해서는 이 구조를 만든 자들, 그리고 그 연결고리를 추적할 제대로 된 단서가 필요했다.

그날 밤, 이승민에게서 전화가 걸려왔다. 목소리에는 약간의 흥분이 섞여 있었다.

"최 대표, 아마 우리가 찾던 꼬리 하나를 잡은 것 같아."

"어디서 말이죠?"

"예전에 말했던 M증권사 강민수 기억나지? 그 여자친구 박소은이 연락을 해왔어. 그녀가 최근 강남센터로 발령받았는데, 며칠 전 이태훈이 거길 다녀갔대."

"파인넥스트 파트너스 이태훈."

도진은 말없이 고개를 끄덕였다.

"그리고 그 직후, 지점장이 박소은한테 CFD 계좌를 하나 만들라고 지시했대."

"CFD(차액결제계좌)요?"

"Contract for Difference. 실물 주식은 사지 않고, 가격 차익만 정산하는 파생계좌. 거래는 증권사 명의로 이뤄지고, 실소유주는 노출되지 않잖아. 지분을 5% 넘게 사도 공시 의무가 없고, 매도 시점도 추적하기 힘들고."

도진의 손끝이 떨렸다.

"맞아요. CFD를 이용해서 내부 자금을 우회시키면, 누가 매집했는지 숨기면서 투자가 가능하겠네요."

"그렇지. 자금 출처는 이태훈이 관리하던 계좌 중 하나에서 이동시킬 거야. 실거래는 강남센터 명의 CFD 계좌를 통해 이뤄질 거고. 겉으로는 증권사 자체 운용처럼 보이겠지."

도진은 잠시 말을 잃었다. 그의 머릿속엔 최근 급등한 종목들— 성지개발, 형신I&C, 삼경물산의 거래 데이터가 스쳐 갔다. 이상할 만큼 일정한 거래 시간, 분할 매수 패턴, 그리고 비슷한 매매단가. 너무나도 정교하고 익숙한 흔적이었다.

"이거야…."

도진이 혼자 답했다.

"누군가 익명성을 무기로 삼아 시장을 흔들고 있는 거

야. CFD 계좌로 조용히 물량을 담고, 야금야금 주가를 올려 브로커들이 관심을 갖게 만들고, 텔레그램을 통해 그럴싸한 지라시를 만들어 돌리고….”

“그리고?”

이승민이 물었다.

“그리고 정부 정책 발표나 후보들의 공약이 언급되면, 바로 시세가 터지잖아요. 그러면 미리 매집했던 CFD 계좌에서 물량을 던지는 거죠. 얼마를 매집하든 공시되지 않고, 흔적도 흐릿하니까요.”

이승민은 조심스레 말을 이었다.

“박소은이… 이상한 얘기를 하나 더 했어.”

“뭔데요?”

“그 CFD 계좌 말이야. 지점장이 그러더래. ‘이번 선거 끝나면 해제할 계좌’라고.”

도진의 표정이 굳었다.

“임시 계좌…?”

“그래. 브로커들이랑 연결된 자금이 들어와 있고, 선거 전까지 조용히 움직여야 한대. 지분 공시를 안 해도 되고, 레버리지는 최대한 당겨쓰고… 선거 끝나고 계좌 닫으면 기록은 사라지고.”

“CFD 계좌 자체가 원래 그런 걸 이용하는 것이잖아요.

명의는 증권사 이름이고, 실소유주는 드러나지 않고요. 그리고 장내 매매가 아니라 파생거래라 공시 의무도 없고, 최대 10배까지 레버리지 활용할 수 있고요."

"그러니까… 단기간에 특정 종목 가격을 끌어올리고 털기에 최적인 거지."

"선거용 작전주."

도진이 낮게 말했다.

"이건 단순한 투기가 아니에요. 지금 이 구조, 과거 벤처 붐 때는 '엔젤투자' 명목으로 주식을 나눠줬고 지금은 CFD로 돈을 숨기는 거죠. 코스닥을 띄워서 정치자금을 만드는 방식. 그때와 똑같아요."

이승민은 잠시 침묵했다가, 숨을 고르며 말했다.

"…그럼, 지금이라도 추적해봐야겠네. CFD 계좌 속 자금 흐름. 그걸 잡으면, 이를 주도하는 사람도 잡을 수 있겠어."

도진은 이승민의 말에 동의하며 통화를 마쳤다. 그의 눈빛은 이미 결의로 바뀌어 있었다.

'그래. 이건 누가 만든 시나리오야. 그리고 우리는 지금 그 시나리오의 한 장면 위에 서 있는 거고.'

그는 깊게 숨을 들이마셨다.

"이제 시작이야. 이번엔, 제대로 해 보자."

13장

프런트 러닝

며칠 후, 도진은 커피잔을 책상 한쪽에 내려놓고 뉴스 앱을 넘기다 눈을 멈췄다.

"국내 1호 디지털헬스케어 기술특례 상장사도 '역사 속으로'"

국내 1호 디지털헬스케어 기술특례 상장사로 이름을 올린 '메디센트릭스'가 결국 역사 속으로 사라지게 됐다. 만성적인 디지털헬스케어 사업 적자 끝에 최대주주가 바뀌었고, 흡수 합병 절차까지 마무리됐다는 내용이었다. 얼마 전 국내 성장성 특례 1호 바이오 기업이었던 '셀리버리'가 상장폐지로 정리매매에 들어간 가운데, 또 하나의 '1호' 기업이 사라진 셈이었다.

그는 즉시 전자공시시스템으로 들어가 관련 공시를 확인했다. 핵심은 간단했다. 메디센트릭스가 우주사업을 영위하는 스페이스코리아를 흡수 합병하는 방식. 합병 비율은 무려 1 대 164.6 즉, 스페이스코리아 1주당, 메디센트릭스 주식 164.6주를 교부하는 조건이었다.

도진은 잠시 모니터 앞에서 말을 잃었다.

'이건 단순 흡수 합병이 아니야…. 사실상 스페이스코리아 쪽이 상장 지위를 가져가는 우회상장 구조가 될 가능성이 높아.'

스페이스코리아 주주는 단 세 명. 그들이 합병 후 받는 신주는 무려 1,640만 주―. 이건 기존 발행주식의 75%에 달하는 규모였다. 도진은 합병 구조를 곱씹었다.

'스페이스코리아 측이 실질 지배력을 단번에 확보할 가능성이 열린 셈이다. 만약 이 구조를 그대로 추진하면, 거래소나 금감원에서 '우회상장 심사'에 들어갈 가능성도 배제 못 해. 기술특례 상장 기업이기 때문에 특례 기한을 연장하려는 목적으로 무리하게 구조를 짜는 거면 단속 대상이 될 수도 있고.'

도진의 입술이 떨렸다.

'아니야. 어디선가 이 합병 위해 이미 하나하나 계산해

놓고 움직였겠지.'

합병 발표 직후 주가는 미묘하게 꿈틀거렸다. 거래량은 소폭 늘었지만, 눈에 띄게 어디선가 특정 가격대에서 꾸준히 물량을 받아가고 있었다.

곧이어 일련의 공시들이 연속해서 터졌다.

150억 원 규모의 전환사채 발행. 인수자는 '윈브릿지인베스트먼트'.

도진은 이 이름을 어디서 본 듯 낯이 익었다. 파인넥스트 파트너스의 과거 투자 이력을 추적할 때, 자주 함께 등장했던 이름이었다. 공동 투자자로 여러 차례 등장했던 흔적이 남아 있었다.

며칠 후 이어진 또 다른 공시들.

알루미늄 합금 전문제조사인 'OO소재' 인수.
미국 우주항공기업과 192억 원 규모의 수출 계약 체결.

이 수치는 지난해 연매출의 750%를 웃도는 수준이었다. 결정타는 M증권이었다. 증권가에서 보기 드물게 중소기업인 스페이스코리아에 대한 단독 기업 분석 보고서를 발간한 것이다. 보고서엔 다음과 같은 문구가 있었다.

"차기 정부의 우주개발 공약과 민간 우주 투자 확대 계획으로 인한 수혜 예상"

도진은 눈썹을 찌푸렸다. 단순한 우연이라 보기엔, 퍼즐 조각들이 너무 또렷하게 맞아떨어졌다. 합병 공시 – 대규모 수주 – 증권사 리포트 – 후보 공약. 이건 단순한 우연이 아니었다.

"이건 프런트 러닝이야. 누군가 정책을 알기 전에 구조를 만들고, 정보를 흘려 주가를 의도적으로 올린 거야."

그는 이승민에게 메시지를 보냈다.

"이 기자님, 혹시 박소은 씨 연락 되나요? CFD 계좌 관련해서 확인하고 싶은 게 있어요."

잠시 후, 이승민에게서 바로 전화가 걸려왔다.

"타이밍이 묘하네. 나도 방금 박소은 씨랑 통화했거든."

"무슨 일 있었나요?"

"며칠 전에 강민수한테 연락이 왔었다고 하더라고."

"강민수가요? 지금 어디 있다고 하나요?"

"필리핀. 카지노에서 돈 다 잃고, 한국에도 못 들어온대. 파인넥스트랑 약속한 것이 있어서, 연말까지는 해외에 있어야 한다더라고."

얼마 전 박소은은 낯선 해외번호로 걸려 온 전화를 받았다.

"소은아, 나 민수야."

목소리는 잠긴 듯, 기운이 빠져 있었다.

"오랜만이다. 강남센터로 옮겼다는 이야기 들었어. 잘 지내지?"

"응, 뭐… 그럭저럭. 그런데 너 목소리 왜 그래? 지금 어디야?"

"지금 필리핀이야. 벌써 몇 달 됐어."

민수는 쓴웃음을 섞으며 말을 이었다.

"처음엔 여기 생활도 괜찮았는데, 카지노에서 흥청망청 놀다가 이제 돈도 다 떨어져 가. 약속한 게 있어서 연말까지 한국도 못 들어가는데."

"무슨 약속?"

"지난번에 내가 술 마시고 실수했던 거 알지? 그때 경찰서에서 누가 찾아왔는데, 내가 사채 빚으로 힘들어하고 있는 거 알고, 해결해주면서 연말까지 해외에 좀 나가 있으라고 했었거든."

박소은은 순간 숨을 멈췄다.

"네가 뭘 알고 있길래 그래? 지점장이랑 관련된 일이지?"

잠시 정적이 흘렀다. 민수는 낮게 웃었다.

"결국 내 욕심에 이렇게 된 거지 뭐. CFD 계좌 관리만 안 했더라도…."

"뭐? CFD?"

박소은의 목소리가 높아졌다. 민수는 한숨을 내쉬며 말을 이었다.

"처음엔 몰랐어. 지점장이 시키는 대로 계좌 만들고, 매매 입력하고, 가끔 종목 바뀌면 그대로 리밸런싱하고… 그냥 기관 고객 관리인 줄 알았어."

"근데?"

"그런데 나중엔 이상하더라고. 이태훈이라는 사람이 다녀가면 지점장이 종목들을 교체하는데, 주가가 항상 오르더라고."

박소은은 입술을 깨물었다. 얼마 전 지점장이 개설하라고 지시한 CFD 계좌가 아닐까 하는 생각에서였다.

"그래서 너도 따라서 산 거야?"

"응. 몇 번 따라 들어갔지. 처음엔 진짜 돈이 되더라고. 하루에 몇백씩 버니까 눈이 돌아간 거지."

민수의 말투는 지쳐 있었다.

"그런데 어느 순간부터 종목들이 급락하기 시작했어. 지점장이 관리하는 CFD 계좌는 종목당 수익률이 50%를 넘기면 기계적으로 분할매도 하도록 되어 있는데, 사람 욕심이 끝이 없잖아. 내가 인생 베팅한 계좌는 매도 타이밍을 놓쳤고 결국 이렇게 된 거지."

"그래서 필리핀으로?"

"내가 술 마시고 경찰서에 있을 때 파인넥스트 파트너스에서 어떻게 알고 나를 찾으러 왔어. 내가 뭘 알고 있는지 묻지도 않았고, 돈 문제 해결해줄 테니까 당분간 나가 있으라고 하더라고. 연말까지만 참으라고 하면서."

박소은은 핸드폰을 꽉 쥐었다.

"민수야, 몸조리 잘하고, 힘든 일 있으면 연락해. 내가 도울 수 있는 일이면 도와줄게."

"그래, 고마워. 이렇게 이야기할 수 있어서 한결 낫네."

박소은은 전화를 끊은 뒤 한참을 가만히 앉아 있었다. 그녀의 머릿속에선 지난 몇 주간의 일들이 하나로 이어지고 있었다. CFD 계좌와 관계된 인물들, 이태훈 대표, 강남센터 지점장, 그리고 강민수.

도진은 이승민에게 소은과 민수의 통화 내용을 전달받았다.

'M증권 강남센터와 파인넥스트 파트너스, 이들 관계가 의심스럽지만 물증이 없다. 강민수가 어떤 종목에 그렇게 확신을 가졌는지도 아직 밝혀진 바 없고, 안다고 하더라도, 이미 증거가 될 만한 계좌가 남아 있을 리 없을 것이다. 박소은이 새로 개설한 CFD 계좌의 매매정보만 알려준다면, 또는 강민수를 만날 수 있다면, 확실한 실마리를 찾을 수 있을 텐데.'

　필리핀 클락의 한 카지노 호텔. 강민수는 카지노 한편에서 흐릿한 눈으로 스마트폰을 바라보며 전화를 걸고 있었다. 수신인은 파인넥스트 파트너스 법무팀장이었다.

　"저… 저 기억하시죠? M증권 강남센터 강민수입니다."

　상대는 침묵했다.

　"팀장님, 제가 CFD 계좌 매매 담당이었던 것 아시죠? 어느 종목, 수량, 시점 다 기억합니다. 이거, 만약 제가 어디 제보라도 하게 되면… 큰일이겠죠?"

　그 말은 협박이었다. 아니, 공포에 짓눌린 한 사내가 쥔 마지막 동아줄이었다. 그는 이미 카지노에서 수천만 원을 날렸고, 현금도, 카드도, 친구도 모두 등을 돌린 상황이었다.

　그로부터 이틀 뒤, 강민수는 현지 경찰에 체포됐다. 이유는 '불법 체류자 신분과 마약 소지 혐의'였다.

　그는 수갑을 찬 채로 끌려가며 반복해서 외쳤다.

　"나는 마약 같은 거 안 해요. 이거 제 거 아니에요!"

　하지만 소용없었다. 필리핀은 마약 범죄에 대해 극도로

엄격한 나라였다. 단순 소지 혐의만으로도 수개월간 구금되는 게 다반사였다. 강민수는 마약을 하지 않았다. 그 누구보다 확실히, 자신은 마약과 무관하다고 말할 수 있었다. 그래서 그는 혼란스러웠다.

'누군가가… 나를 이 상황에 빠뜨린 거야!'

지금 이 일은 단순한 불운이나 우연이 아니었다. 그가 CFD 계좌의 실체를 말하려고 했던 그 시점, 너무도 정교하고 빠르게 벌어진 일. 누군가, 그의 입을 막으려 했던 것이다.

파인넥스트 파트너스 회의실. 모니터에는 '강민수 - 체포 경위 보고서'라는 제목의 문서가 떠 있었다. 법무팀장이 이태훈에게 해당 내용을 보고했다.

"필리핀 현지 경찰에 의해 체포됐습니다. 혐의는 마약 소지와 체류 신분 위반. 정황상 외부 개입 없이 석방되긴 힘들 것 같습니다."

침묵을 깨고, 이태훈이 물었다.

"누구랑 접촉했는지 확인됐나?"

"예. 체포 전 한 달간의 통화기록을 추적해봤습니다. 경계해야 될 인물로 박소은이 있었습니다. 현재 M증권 강남센터에서 근무하는 강민수의 동기입니다."

자료화면이 넘겨졌다. 박소은의 인사 정보와 재직 이력

이 정리되어 있었다.

"지점장한테 연락했나?"

"현재 상황은 전달했습니다. 필요한 조치를 취했을 겁니다."

이태훈은 고개를 끄덕였다.

"소란은 없어야 해. 박소은은 아무것도 몰라야 되고. 그리고 강민수 건은 여기서 끝이다. 다시 연락 오는 일 없도록."

M증권 강남센터. 지점장은 박소은을 조용히 불러 사무실로 들였다.

"소은 씨, 이번에 새로 오픈한 CFD 계좌 말인데, 그건 부지점장이 직접 맡기로 했어. 소은 씨는 당분간 일반 관리계좌 위주로 맡아줘."

박소은은 잠시 당황했지만, 곧 고개를 끄덕였다.

"네, 알겠습니다."

지점장은 사무실을 나가는 박소은을 붙잡고 물었다.

"소은 씨, 강민수 과장이랑 요즘도 연락해?"

박소은은 순간 망설였다. 지점장이 민수의 이름을 언급한 것은 이번이 처음이었다.

"아뇨, 연락 안 하고 지낸 지 오래됐어요. 무슨 일 때문에 그러시죠?"

"그냥… 잘 지내고 있나 궁금해서. 혹시 소은 씨랑은 연락하는가 했지."

박소은은 어색하게 웃으며 사무실을 나섰다.

그날 밤, 그녀는 강민수의 어머니에게 전화를 걸었다.

"어머니, 안녕하세요. 혹시 민수한테 최근에 전화 안 왔나요?"

수화기 너머에서 잠시 침묵이 흐른 뒤, 조심스러운 목소리가 들려왔다.

"글쎄… 일주일에 한 번 정도는 연락이 왔었는데, 이번 주는 조용하네. 원래 자주 연락하는 애는 아니지만….."

"그렇죠… 저도 좀 걱정돼서요. 별일 없겠죠?"

어머니는 한숨을 쉬며 말을 이었다.

"지난주에 민수가 돈을 좀 보내달라고 하길래, 보내줬거든. 해외 송금은 처음이라 잘 받았나 모르겠네. 연락이 없으니 괜히 마음이 쓰여."

박소은은 가슴이 무거워졌다.

"혹시 민수한테 연락 오면 저한테 전화 좀 달라고 전해주세요. 건강히 잘 지내시고요."

"그래, 소은아. 너도 건강 조심하고… 고맙다. 이렇게 신경 써줘서."

14장

보이지 않는 압력

　도진은 창가에 앉아 노트북 화면을 바라보고 있었다. 커서를 옮길 때마다 떠오르는 문서 제목들―. 'RanksTrade_AI_Fund', '랭스트레이드 펀드 최종 설명회 자료', 'RanksTrade_backtesting'. 모두 그가 미국에서 직접 설계하고 테스트했던 자동매매 프로그램 관련 파일들이었다.

　미국 MBA 과정을 마치는 동안 도진은 월가의 고빈도매매(HFT, High Frequency Trading) 전략과 AI 알고리즘 트레이딩을 학습한 새로운 투자모델을 구상해왔다. 이미 회사 고유 자금을 통해 실전 테스트에서도 월 3~4%의 안정적인 수익률을 입증했으며, 국내 개인투자자 중심의 테마주 시장에서도 충분히 적용 가능하다는 자신이 있었다.

하지만 문제는 한국 시장의 제도적 장벽이었다. 해당 프로그램을 금융 상품으로 출시하려면 투자자문사 등록이 필요했으며, 이를 위한 인가는 금융감독원과 금융위원회를 거쳐야 했다. 그는 지난해 말 관련 서류를 제출했지만, 수개월이 지난 지금까지도 아무런 답변을 받지 못했다.

더 근본적인 문제는 '로보어드바이저 테스트베드'라는 제도였다. 금융당국은 알고리즘 투자 프로그램의 신뢰성을 검증한다는 명목으로, 이 심사를 통과해야만 퇴직연금 등을 운용할 수 있도록 허가했다. 하지만 그 심사 기준은 10여 년 전, AI가 아닌 단순 규칙형 모델이 주류였던 시절에 만들어진 낡은 규정이었다.

도진이 개발한 RanksTrade는 국내외 상장 주식의 매수·매도 타이밍을 AI가 스스로 판단하는 시스템이었다. 데이터 학습을 통해 매일 최적의 포트폴리오를 만들어내는 완전한 '자율매매 알고리즘'이었다.

"AI가 스스로 종목을 고른다고요? 그럼 위험관리 기준은 어떻게 되나요?"

심사원이 물었다.

"AI 내부의 판단 기준은 계속 바뀝니다. 학습모델이니까요."

도진은 자신이 개발한 AI 모델에 대해 자세히 설명했지만 돌아오는 대답은 심사 기준에 미치지 못한다는 내용이 주를 이뤘다.

"그러면 안 됩니다. 기준이 바뀌면 리스크 통제가 불가능하다고 봐야죠."

도진은 당황했다. 알고리즘 트레이딩의 핵심인 '학습' 자체를 문제로 본다는 건, AI 투자를 전혀 모른다는 뜻이었다. 게다가 테스트베드 참여를 위해선 '포트폴리오에 일정 비율 이상의 채권과 ETF를 반드시 포함해야 한다'는 조건이 있었다. 즉, 순수 주식형 전략은 심사 자체가 불가능했다.

도진이 설계한 RanksTrade는 100% 주식 기반의 단기 매매 전략이었기 때문에, 이 조건을 맞추려면 프로그램을 억지로 변형해야 했다.

"AI가 알아서 종목을 고르는데, 굳이 ETF를 끼워 넣어야 하는 이유가 뭡니까?"

"리스크를 분산해야 한다는 규정 때문입니다."

그는 할 말을 잃었다. 리스크를 분산하는 다양한 방법이 있는데, 테스트베드를 통과하기 위해서는 무조건 종목을 늘리는 방법만을 채택해야 하기 때문이었다.

문제는 거기서 끝나지 않았다. 투자자 성향 판단 기준도 현실과 동떨어져 있었다. 고객의 연령, 투자 경험, 재산 규모 등을 세밀히 설문한 다음에도 불구하고, 결국 심사 기준은 형식적인 나이대를 구분해 연령이 높을수록 무조건 보수적 성향으로 분류하도록 강제했다.

"나이가 많다고 다 보수적인 건 아니잖아요. 60대 고객이라도 투자 경험이 풍부하면 공격형일 수 있잖아요."

도진은 심사관에게 항의했지만, 돌아온 답변은 단호했다.

"심사 규정상 그렇습니다."

도진은 심사관이 제시한 나이 기준 대신 미성년자와 고령층에 대해서는 가입을 제한하고, 실제 설문 조사를 통해 파악된 투자 성향을 반영하도록 재설계했지만, 심사관 측은 이마저도 받아들이지 않았다. 그날 도진은 깨달았다. 지금 한국의 금융당국은 'AI투자'를 받아들일 준비가 되어 있지 않다는 것을.

그가 경험했던 미국의 시장은 달랐다. AI가 0.01%라도 더 높은 수익률을 내기 위해 매일 학습 데이터를 바꾸고, 모델을 개선했다. 그러나 한국의 테스트베드는 그런 발전 과정을 '불안정'이라며 금지했다.

'이건 심사가 아니라 검열이야.'

결국 도진은 낡은 심사 기준에 맞춰 매매 프로그램을 왜곡시키느니, 차라리 시장에 나서지 않는 쪽을 택했다. 그는 회의실 유리창 너머로 보이는 빌딩을 주시하다가 속으로 중얼거렸다. 심사관들의 책상엔 'AI 금융혁신', '미래금융'이라는 슬로건이 붙어 있었지만, 실제로는 고작 '투자성향 설문지' 하나 바꾸는 데도 손을 내젓는 자들이었다.

그는 진절머리가 났다. 앞에서는 혁신을 운운하고, 뒤에서는 아무도 책임지지 않는 관료주의. 질문을 던지면 돌아오는 대답은 늘 같았다.

"그건 기존에 심사하던 방식과 다릅니다."

도진은 이 모든 것이 하나의 제도적 패악이라고 느꼈다. 게다가, 그 뒤에는 금융위원회 출신 장민혁의 그림자가 있었다. 그가 이창명 캠프에 합류한 직후부터, 도진이 제출한 자문사 인가 서류가 이상하게 지연되기 시작했고, 심사관들이 불필요할 정도로 까다로운 조건을 붙이기 시작한 것도 모두 그 시점과 맞물렸다.

직접적인 증거는 없었지만, 도진은 확신했다. 지난해 자신이 한국 주식시장에 대한 문제점을 지적했을 때부터 보이지 않는 손이 모든 걸 조용히 틀어쥐고 있었다는 것을. 그는 허탈하게 웃었다. 혁신을 하겠다고 돌아온 조국에서, 가장 먼저 마주한 것은 낡은 질서의 벽이었다.

이승민도 사정은 다르지 않았다. 그는 원래 대형 경제

지에서 부장 승진을 앞둔 촉망받는 기자였다. 자산운용사 대표 인터뷰, 대기업들 실적 분석, 정부 정책 해설 — 한때는 시장에서 가장 영향력 있는 필진 중 하나로 손꼽히기도 했다.

하지만 어느 순간부터 그의 기사 방향이 바뀌기 시작했다. 기업이 아니라 '세력', 실적이 아니라 '자금 흐름'을 추적하기 시작한 것이다. 이 시기, 그는 도진을 처음 만났다.

처음엔 단순한 테마주 보도였다. 정치 테마, 바이오 급등주, 재무구조가 엉망인 종목에 갑자기 붙는 매수세. 표면상으로는 단타에 익숙한 개미 투자자들의 투기 같았지만, 그 뒤에는 이를 방치하고, 교육하려는 세력이 있다는 것을 감지했다.

그때부터 이승민은 비공식적인 감시 대상이 됐다. 처음엔 광고주가 빠졌다. 그다음엔 기사 승인 단계에서 '편집국 검토 보류' 딱지가 붙었다. 또 기자단 회의에서도 이승민을 은근히 지적했다.

"요즘 너무 특정 세력 쪽만 파는 거 아니야? 금융위에서도 민감하게 본다더라."

그는 웃어넘겼지만, 금세 알아차렸다.

결국 그는 "기자가 시장질서 운운하지 말라"라는 윗선의 권고를 받고 사표를 썼다.

그 후 옮긴 곳은 중소형 온라인 경제지. 이름값도, 예산도, 기자단 네트워크도 없었지만, 적어도 이곳에서는 누구의 눈치도 보지 않고 기사를 쓸 수 있었다.

그는 자신의 이름으로, 자신의 판단으로, 세력을 추적했다. 자신이 추적하는 이 흐름이야말로 한국 자본시장을 망가뜨리는 진짜 중심이라는 것을. 몇몇 종목 뒤에 반복적으로 등장하는 페이퍼컴퍼니, 외국계 브로커를 가장한 국내 자금, 그리고 그들과 은밀히 교류하는 전직 관료들. 이승민은 단순한 주가 조작이 아닌, '제도 자체를 먹어 들어가는' 하나의 기생 구조를 포착하고 있었다.

그 구조의 정점에 누가 있는지는 아직 알 수 없었다. 하지만 그는 분명히 느끼고 있었다. 도진이 제도라는 바위와 맞서 싸우고 있다면, 자신은 그 바위 뒤에서 실질적인 권력을 휘두르고 있는 그림자를 쫓고 있다는 것을.

늦은 밤, 광화문 한복판의 허름한 선술집. 형광등 불빛은 흐릿했고, 술잔보다 노트북과 문서가 더 많은 테이블이었다.

도진은 낡은 가죽 노트북 케이스를 내려놓으며 말했다.

"스페이스코리아, 생각보다 오래전부터 준비한 것 같던데 말이죠."

"그러게 조사해 보니 4년 전까지 거슬러 올라갔어."

"초기 이름은 '스페이스엔'. 위성 안테나 부품을 납품하던 대전 소재의 협력 업체였는데, 사업과 관련된 실적은 거의 없었어요. 다만 그때 대표이사였던 인물 중에—김상묵이라는 이름이 있었어요. 이번 스페이스코리아의 주요 주주 3명 중 한 명이고요."

이승민이 고개를 들었다.

"그 사람, 나도 최근에 확인했어. 원래 카이스트 우주항공학과 교수였지. 논문도 꽤 있고, 사업과 관련한 주요 특허에도 이름이 올라가 있더라고. 마음 맞는 학생들하고 벤처회사를 하나 설립했었나 봐. 그런데 더 중요한 건— 그가 거래소 기술특례 상장 심사 자문역이었다는 거야."

"진짜요?"

도진이 되물었다.

"응. 비상장 기술기업이 실적 없어도 상장할 수 있도록 해주는 제도. 그 핵심이 기술성 평가인데, 그 평가 위원단에 김상묵이 자문역으로 들어가 있었지."

도진은 눈을 가늘게 떴다.

"그 자리에 그냥 들어갈 수는 없을 텐데…"

"못 들어가지."

이승민이 고개를 끄덕였다.

"그래서 찾아봤어. 그 시점, 자문단 인선 관련 내부 제안서를 봤더니 추천인 명단에 '이태훈' 이름이 있었어. 이태훈이 거래소에서 일하고 있을 때잖아. 우리가 찾고 있었던 이름이지."

도진은 천천히 고개를 끄덕이며 말을 이었다.

"그러니까… 이태훈이 김상묵을 거래소 기술심사 쪽에 자리를 만들어줬고, 메디센트릭스가 처음 기술특례 상장했을 때도 관여했을 테고, 이번에는 그 회사를 비히클 삼아서 아예 합병을 해버린 셈이네요."

"지들이 싼 똥을 지들이 치우는 건가? 기술특례로 상장한 종목이 셀리버리처럼 또 상장폐지되면 투자자들한테 역풍 맞을지 모르니까 막을라고?"

승민이 되받았다.

"아니요. 끝까지 투자자들 등골을 빼먹으려고 하는 거겠죠."

도진은 노트북에 이렇게 적었다.

1. *김상묵과 이태훈의 연결고리, 기술특례 심사 자문위원*
2. *메디센트릭스와 스페이스코리아 합병*
3. *김상묵은 합병을 통해서 스페이스코리아의 주요 주주로 등재*

4. 합병 과정에서 원브릿지인베스트가 전환사채를 인수
   하며 자금 투입
5. 원브릿지인베스트먼트와 이태훈이 대표이사로 있는
   파인넥스트 파트너스 간의 공동 출자 리스트
6. 마지막으로 M증권 리포트까지

도진이 중얼거렸다.

"합법과 불법의 경계선 위에서 아주 정교하게 판을 짠
것 같아요."

도진은 잠시 노트북 화면을 바라보며 손가락으로 체크
리스트를 훑었다.

"스페이스코리아를 직접적으로 파고들려면 구조를 하
나하나 끊어내야 해요. 지금은 모든 고리가 추정이에요.
자문, 합병, 투자, 리포트. 다 그럴듯하게 연결되어 보이지
만, 구체적인 것은 없어요."

이승민은 팔짱을 낀 채 한쪽 어깨를 기대며 말했다.

"근데 그게 동시에 말해주잖아. 이건 단순한 연결이 아
니라 '설계된 체인'이라는 거."

"맞아요."

도진이 고개를 끄덕였다.

"그리고 그 체인의 첫 고리— 김상묵. 그는 기술성을 보

장해주는 '브랜딩 역할'을 했고, 그걸 통해 여러 기술특례 IPO에 관여해왔지. 메디센트릭스와 스페이스코리아 합병은 우연일 수 있지만, 그 과정에서 원브릿지인베스트먼트 자금과 연결된 것을 보면 한두 번 해 본 솜씨가 아닌 것 같고."

"M증권이 리포트까지 쓴 것을 보면 합병이 되고 불안했던 것 같기도 하고요."

애널리스트 생리를 잘 아는 도진은 의아해하며 말했다.

"원래 이런 종목 보고서 잘 안 쓰는데. 왜 이렇게 무리했을까."

도진은 책상 위의 공시 프린트를 쓸어 넘기며 말했다.

"신주 배정으로 김상묵을 포함한 세 명이 스페이스코리아 지분 70%를 가져갔어요. 그런데 이게 끝이 아니에요. 이 사람들이 실제로 돈을 챙기는 방식은 따로 있을 겁니다."

"전환사채?"

이승민이 말했다.

"아니요. 그건 원브릿지 몫이에요. 김상묵 쪽은 아마도 OO소재를 통해 자금을 회수했을 가능성이 높아요. 합병 발표 직후, OO소재 인수를 발표했잖아요. 그걸로 '사업 실체'를 부여받고, 실적도 어느 정도 확보했죠. 겉으로는 성장 전략처럼 보이지만, 사실 OO소재에 김상묵 지분이 있었을 것으로 추정됩니다."

도진이 모니터를 돌리며 덧붙였다.

"게다가 그다음에 나온 미국 기업과의 192억 원 수출 계약. 전년도 매출 대비 7배 규모예요. 그런데 그 계약의 상대방은 '비밀유지조항으로 미공개'라고 되어 있거든요. 이건 냄새가 너무 짙어요."

이승민은 고개를 끄덕이며 휴대폰 화면을 켰다.

"나도 확인해봤어. 얼마 전 금융투자협회에 요청해서, 파인넥스트 파트너스와 원브릿지인베스트먼트의 지난 3년 간의 투자 종목 리스트를 받았거든. 조합 단위로 엮인 종목들까지 포함된 자료인데, 겹치는 기업이 꽤 많더라고. 조사를 더 해 보면 뭔가 더 나올 것 같아."

도진이 깊은 숨을 내쉬었다.

"이 기자님 이거 잘 정리해서, 정민이랑 같이 어떻게 하면 좋을지 상의해보죠."

"그래. 정민이는 우리와 다른 시각으로 볼 수 있을 테니까."

두 사람 사이에 짧은 정적이 흘렀다.

밖에선 봄비가 빗줄기를 굵게 바꾸며 내리고 있었다. 그러나 그 빗소리 속엔 묘한 긴장감이 섞여 있었다. 무언가가, 오래된 침묵을 뚫고 모습을 드러내려 하고 있었다.

이제 더 이상 '의심'이 아니었다. '증거'의 형태로 윤곽을 드러내고 있었다.

15장
무대 위의 약속

서울 상암동, 한 방송사 스튜디오. 해가 저물고 조명이 하나둘 켜질 무렵, 경선 토론회를 알리는 건물 외벽의 현수막이 바람에 나부꼈다.

당내 대선 후보들이 처음으로 정면 승부를 벌이는 날. 언론과 후원자, 당원들까지 한자리에 모였다.

조명이 꺼진 무대 위. 이창명은 속삭이듯 말하며 스스로를 가다듬었다.

'말이 아니라 철학을 보여줘야지….'

사회자의 목소리가 울려 퍼지며 토론이 시작됐다.

"다음은 경제 부문과 관련한 이창명 후보의 모두 발언입니다."

스포트라이트 아래 선 이창명은 준비한 원고를 내려다

보다 천천히 시선을 들었다.

"정치는 이상을 말하는 자리가 아닙니다. 정치는 가능성을 믿음으로 만드는 도구입니다. 저는 이 도구를 나라의 미래를 위해 쓰고자 합니다."

잠시 침묵이 흘렀다. 그의 목소리는 더욱 명료하게 이어졌다.

"저는, 누구나 공정한 기회를 누릴 수 있는 시장을 만들겠습니다. 금융은 소수의 전유물이 돼선 안 됩니다. 거품에 올라탄 주식이 아니라, 실적에 뿌리 내린 기업이 빛나는 시장을 만들겠습니다."

연설은 계획된 시간 안에 정확히 마무리됐다. 방청석 뒤편에선 작은 박수와 함께 당직자들이 속삭이며 스마트폰으로 문자를 교환했고, 정면엔 캠프 인사들이 진지하게 표정을 읽고 있었다.

그 무렵, 유정민의 스마트폰이 짧게 진동했다. 그는 조용히 뒷문으로 빠져나가 빈 회의실로 들어섰다. 통화 버튼을 누르자 익숙한 목소리가 흘러나왔다.

"정민아. 경선은 어때?"

도진이었다.

"경선이야 뭐. 후보님 지지층이 두터우니까 유지만 잘하면 될 것 같아. 무슨 일이야?"

"정민아 수요일 저녁에 시간 돼? 승민이 형이랑 잠깐 보자."

"9시 넘어서 가능해. 그날 보자."

경선 토론회가 있었던 월요일 저녁, 청담동의 한정식집. 외관은 소박했지만, 입장과 동시에 조용한 무게감이 느껴지는 곳이었다. 가림막으로 완전히 분리된 룸 안, 나무 테이블 위엔 이미 맑은 육수와 전채 요리가 차려져 있었다.

이창명은 문을 열고 들어서며 차분히 인사를 건넸다.

"기다리게 해서 죄송합니다. 생각보다 경선 끝나고 사람들이 안 놔주더군요."

그를 맞이한 건 장민혁과 오늘 처음 자리한 이태훈.

이태훈은 정중하게 고개를 숙이며 인사했다.

"오늘 말씀 인상 깊었습니다. 한 마디, 한 마디 하실 때마다 준비된 분이시라는 느낌이었습니다."

"그 말씀, 제가 더 감사드립니다."

이창명과 유정민은 자리에 앉으며 이들과 눈을 맞췄다.

잠깐의 침묵 후, 본격적인 식사가 시작됐다. 삼겹살 구이에 묵은지, 미역초무침이 잔잔하게 식탁을 채우는 동안 대화는 의례적인 화제에서 시작됐다. 하지만 조용히 소주 한 병이 비워지고 나서, 장민혁이 본론을 꺼냈다.

"대표님, 오늘 이태훈 대표를 모신 이유는 간단합니다. 선

거자금 문제는 늘 민감한 사안이지만, 저희는 투명한 방식
으로도 충분히 실질적인 도움이 될 수 있다고 생각합니다."

이태훈이 조용히 말을 이었다.

"이번에 저희가 운용 중인 투자조합 몇 곳에서 후보님
의 정책연구기관과 연계된 법인에 공식 후원 절차를 밟고
있습니다. 기획재정부에 등록된 NPO(비영리조직, Non Profit
Organization)를 통해 정당 후원 계좌로 입금되도록 정리해
뒀습니다. 법적으로 전혀 하자 없고, 세무 처리도 완벽하
게 됩니다. 곧 대선을 치르셔야 할 텐데, 후원금 모집만으
론 어려울 거라 생각했습니다. 많은 금액은 아니지만, 좋
은 뜻으로 받아주셨으면 좋겠습니다."

이창명은 고개를 끄덕이며 잔에 술을 조금 따랐다.

"요즘 같은 시기엔 아군이 많을수록 좋지요. 전투도 사
람과 돈으로 치르는 것이니까요."

정민은 별 말 없이 고개를 숙였고, 이태훈은 말을 이었다.

"사실 기업들 입장에서도 후보님처럼 '시장 친화적'인
메시지를 내는 분께 힘을 보태는 게 자연스럽습니다. 당장
규제 완화나 세제 개편 같은 걸 언급하지 않더라도, 후보
님의 어조와 방향성만으로도 시장은 반응합니다."

이창명은 잔을 내려놓으며 가볍게 웃었다.

"저는 시장과 싸우자는 게 아닙니다. 다만 시장이 국민

과 함께 가도록 유도할 수 있어야죠."

그 말에 최근 캠프에 합류한 장민혁이 거들었다.

"맞습니다. 저희 보좌진들도 그 점을 늘 공감하고 있습니다. 또, 이태훈 대표와 함께 일하는 기업들도 다들 그런 기대를 하고 있습니다. 지금은 선거지만, 그 이후의 국정 운영까지 보고 있다는 뜻이죠."

그 말에 정민의 손이 미세하게 멈칫했다. 마치 그 한 문장이, 이 자리를 마련한 목적의 핵심을 정확히 찌르고 있다는 듯이.

이태훈은 정민을 향해 잔을 들며 말했다.

"유정민 보좌관이 계셔서, 캠프가 안정적으로 돌아간다는 얘길 장민혁 실장에게서 자주 듣습니다. 이런 자리에 오기 전에 캠프 분위기를 살필 수밖에 없는데… 이번엔 따로 물어볼 필요도 없더군요."

정민은 잔을 들었지만 입을 열지 않았다. 이 자리에 앉아 있는 것 자체가, 이미 충분한 대답이었다.

짧은 침묵 뒤, 이창명 후보가 다시 입을 열었다.

"오늘 이렇게 귀한 자리를 만들어 주셔서 감사합니다. 선거는 단기 승부지만, 정치는 결국 끝없이 연결되는 것이지요. 이 관계를 소중히 생각하겠습니다."

식사는 그렇게 마무리되어 가고 있었다. 식탁 위의 대화는 단 한 줄도 기록되지 않았지만, 그날 밤의 약속은 깊고도 묵직하게 각자의 가슴에 남았다.

비가 부슬부슬 내리는 수요일 늦은 저녁, 삼청동의 한옥 카페. 작은 방 안에는 도진, 승민, 정민 세 사람이 마주 앉아 있었다. 창가 쪽으로 물방울이 느릿하게 흐르고, 커피의 쓴 향이 잔잔히 퍼졌다.

이승민이 노트북 화면을 정민 쪽으로 돌렸다. 모니터에는 한 인물의 인사이동 이력과 법인 등기부등본 몇 장이 정리돼 있었다.

"우리가 최근에 잡은 흐름이 하나 있어."

도진이 노트북 화면을 같이 보며 천천히 말했다.

"그동안 우리가 말했던 시장의 왜곡— 특정 제도들이 주식시장의 고평가를 조장하고, 거기서 반복적으로 이익을 챙기는 구조. 그 흐름이 단순한 현상이 아니라, 조직화된 수익 모델로 굴러가고 있다는 실체를 드디어 하나 포착한 것 같아."

그는 손가락으로 화면의 한 이름을 가리켰다.

"이태훈. 대형 사모펀드 운용사인 파인넥스트 파트너스의 대표. 그 중심에 있는 인물 중 하나가 바로 이태훈이야. 파인넥스트 파트너스가 이렇게 급속히 성장한 덴 다 이유가 있었어."

유정민이 고개를 살짝 들었다.

"…이태훈?"

승민이 고개를 끄덕였다.

"한국거래소 상장심사부에 있었고, 퇴직 후 파인넥스트 파트너스 총괄이사로 부임했어. 지금은 대표로 있고. 이태훈은 법을 어기지 않았어. 그 대신, 법의 틈을 정확히 계산해서 자신한테 유리한 구조를 만들었지. 상장 심사 원칙을 누구보다 잘 알고 있었고, 퇴직 후에는 그 경력을 제대로 활용한 것 같아."

정민은 말없이 도진의 눈을 바라봤다.

"시장의 제도적 허점을 이용해서 정교하게 이익을 창출해온 구조야. 그 제도를 만들 수도 있었고, 이를 따라 하는 다른 세력들도 존재했겠지."

정민은 화면을 바라보다가, 천천히 고개를 끄덕였다.

"스페이스코리아?"

"맞아. 얼마 전 스페이스코리아라는 이름으로 코스닥에 우회상장했어."

도진이 말을 이었다.

"이 회사는 원래 '스페이스엔'이란 이름으로 시작된 위성부품 업체였어. 대전에서 카이스트 출신들이 모여 만들었고, 거의 실적 없이 존재만 유지하던 법인이었지. 그런데 이 회사가 올해 갑자기 메디센트릭스와 합병을 발표했어."

정민의 이마가 살짝 찌푸려졌다.

"상장폐지 위기였던 메디센트릭스?"

승민이 고개를 끄덕였다.

"맞아. 그 합병이 이상했던 건, 원래 신규 상장회사의 실체를 보여줘야 하는데, 192억 원에 달하는 대규모 해외 공급계약을 체결하면서 거래 상대방을 비밀유지 조항 때문에 공개할 수 없다고 공시했을뿐더러, 해당 매출이 어떤 제품을 통해 이뤄지는지도 불명확하더라고. 전년도 메디센트릭스 매출의 7배에 달하는 규모인데 말이야."

정민은 조용히 입을 열었다.

"나는 상장폐지에 몰린 기업이 다행히 합병할 회사를 찾았구나라고 생각했었는데."

"그런 게 아니야."

도진은 화면을 넘기며 말을 이었다.

"스페이스코리아의 주요 주주 중에 김상묵이라는 이름이 있었어. 카이스트 교수 출신, 우주항공학 논문도 여러 편 썼고, 기술 특허도 보유하고 있지. 겉으론 흠잡을 데 없어. 문제는—그가 한국거래소 기술특례 상장 심사 자문역이었다는 거야."

정민이 고개를 들었다.

"자문역이었어?"

"응. 기술성 평가 위원단에 참여했더라고. 비상장 기업들이 실적 없이 코스닥에 상장하려면 기술평가를 통과해야 하잖아. 그 자리에 김상묵이 있었어. 그리고 우리가 확보한 내부 문건을 보면, 그 자문단 구성 추천자 중에 이태훈 이름이 있어."

정민은 아무 말 없이 노트북을 바라봤다. 이젠 놀람보단, 정리하고 있다는 표정이었다.

"그러니까 이태훈이 김상묵을 거래소 자문단에 앉혔고, 그 김상묵이 나중에 스페이스코리아의 주요 주주가 됐다?"

정민의 말에 도진은 조용히 고개를 끄덕였다.

"합병 공시 직후 신주 배정으로 김상묵 포함 3인이 지분 70%를 확보했어. 그리고 자금 흐름은, 원브릿지인베스트먼트에서 전환사채로 합병 자금을 조달해줬는데, 과거 투자 이력을 살펴보니까 이태훈이 대표로 있는 파인넥스트 파트너스와 공동 투자한 기업들이 꽤 되더라고. 우리가 추적한 지난 3년간의 투자조합 리스트를 보면, 두 운용사 이름이 여러 번 겹치지. 그리고 마지막, M증권. 이 합병 발표 직후에, 이례적으로 상세한 기업분석 리포트를 냈어. 원래 이런 케이스는 애널리스트가 잘 안 건드리는데, 지금 보면… 누군가 압력을 준 게 아닌가 생각돼."

이승민은 이런 말까지 해야 할까 망설이다가, M증권 강남센터에 근무했던 강민수에 대한 취재 내용까지 설명했다.

정민은 잠시 조용히 앉아 있었다. 카페의 조용한 음악이 유독 크게 들리는 순간이었다.

'…그럼, 내가 월요일 저녁에 만난 그 '이태훈'이라는 사람. 그가, 이 모든 구조의 중심이라는 건가.'

하지만 정민은 그 자리에서 도진과 승민에게 이태훈을 만났다는 얘길 꺼낼 수 없었다. 이태훈은 자신이 모시는 후보에게 정치자금을 기부하기로 약속한 인물이기 때문이다. 그리고 그를 소개한 지인 장민혁이 캠프 내부에 깊숙이 관여되어 있었다. 정민의 머리는 복잡해졌다.

도진이 마지막으로 정리했다.

"우리가 지금까지 밝히려고 했던 한국 주식시장의 왜곡, 그걸 가능하게 했던 제도와 사람, 그리고 그 틈을 노린 세력— 그 실체 중 하나를 지금 처음으로 알아낸 거야."

그는 정민을 바라보며 조용히 말했다.

"그리고 이건… 이창명 후보가 말했던 '공정한 금융시장'을 정말 만들고 싶다면— 외면할 수 없는 진실이야."

정민은 조용히 그 말을 듣고 있었다. 고개를 끄덕이지도, 반박하지도 않았다. 그저 고요한 얼굴로 커피잔을 바라보다가, 눈을 천천히 감았다. 공정한 시장… 그 말이 가슴 깊은 곳을 건드렸다. 그가 모시는 후보는 분명 그렇게 약속했다. 소수만을 위한 금융이 아닌, 모두를 위한 시장.

그러나 지금 이 순간, 그 약속을 둘러싸고 있는 구조 안에 이태훈이라는 이름이 있다는 사실은 정민에게 지독한 불협화음으로 들렸다. 그 이름은 그저 외부 인사가 아니었다. 월요일 저녁, 식탁 건너편에서 웃으며 잔을 들었던 남자. 그리고 그를 캠프 안으로 불러들인 인물은 지금도 중요한 전략 회의에 참석하고 있다.

'내가 이걸 말하면… 캠프가 흔들릴 수도 있다. 하지만 말하지 않는다면… 나 자신을 설득할 수 없을지도 모른다.'

정민은 입술을 꽉 다물었다. 그리고 고개를 천천히 숙인 채, 차를 들어 한 모금 삼켰다. 그는 조용히 눈을 들었다.

"…생각할 시간이 좀 필요해."

그 말만 남기고, 정민은 천천히 자리에서 일어났다.

M증권사 강남센터 1층 영업부는 무겁고도 날 선 공기
로 가득 차 있었다.

"이게 상환이 안 된다니요? 무슨 말입니까? '메가플러
스'가 갑자기 회생신청을 해버리면 끝인가요?"

한 중년의 남성 고객이 분노를 참지 못하고, 손에 들고
있던 투자 계약서를 테이블에 내던지면 말했다. 그 옆엔
60대 중반의 여성 두 명이 불안한 눈빛으로 서로를 바라
보고 있었다.

M증권사 PB센터가 지난주 고액 자산가들에게 권유했
던 '메가플러스' 카드매출 기반 ABSTB(Asset Backed Short
Term Bond) 상품, 즉 자산유동화 단기채권이 돌연 '상환 불
능' 위기를 맞았다는 소식이 보도된 직후였다.

"전국 주요 상권에 100여 개 점포를 둔 국내 대표 유통 기업 메가플러스가 기업회생을 신청했습니다. 해당 자산에 기반한 금융 상품 역시 채무 구조 조정 대상이 될 수 있습니다."

데스크 직원은 매뉴얼대로 대응하고 있었지만, 고객들의 얼굴엔 공황이 서려 있었다.

"당신들, 메가플러스는 절대 망하지 않는다고 말했잖아. 카드매출을 기초자산으로 만든 상품이라 안정적인거라고—."

이른 아침부터 언론은 "메가플러스, 부동산 유동화 실패 후 기업회생 신청", "파인넥스트 파트너스 실소유 구조 드러나나", "M증권사, ABSTB 개인 판매 무리수"라는 제목으로 연일 특종을 쏟아내고 있었다. 특히, 검찰이 파인넥스트 파트너스에 대한 수사에 착수했다는 속보가 나오면서 분위기는 더욱 심상치 않았다.

같은 시각, 강남센터 지점장실. 지점장은 묵직한 책상 위에 손을 짚고 서 있었다. 아래층 로비에서 들려오는 고성과 불만, 이어폰 너머로 들리는 속보 알림까지— 머리가 지끈거렸다. 책상 한쪽에 놓인 투자제안서 위엔 메가플러스 ABSTB가 적힌 붉은 도장이 선명했다.

그는 잠시 망설인 끝에 휴대폰을 집어 들었다. 수신자 이름은 '이태훈 대표' 신호음이 두세 번 울리고, 익숙한 목소리가 받았다.

　"이 대표님, 접니다. 짐작하시겠지만 메가플러스 건으로 연락드렸어요."

　지점장의 목소리엔 짧지만 눌린 분노가 배어 있었다.

　"지금 고객들이 로비에 몰려와서 난리입니다."

　수화기 너머로 짧은 정적이 흐른 후, 이태훈의 낮고 거친 숨소리가 들려왔다.

　"…지금 저도 검찰 조사 통보를 받았습니다. 아침 일찍 사무실 압수수색도 있었고요."

　지점장의 미간이 일그러졌다.

　"저도 예상 못 한 일입니다. 메가플러스 자금 사정이 빠듯한 것은 알았지만, 회생까지 갈 거라고는 생각 못 했습니다. 신용평가사에서 신용등급을 갑자기 내려버리면서 일이 급하게 꼬였나 봐요."

　잠시 침묵이 흘렀다. 지점장은 천천히 의자에 몸을 기댔다. 창밖에선 여전히 고객들의 항의 소리가 들려오고 있었다.

　"이 대표…" 예전 같았으면 '태훈아'라고 불렀겠지만, 지금은 그 호칭이 목구멍에서 맴돌다 사라졌다.

　지점장이 낮게 입을 열었다.

"내가 그 상품을 적극적으로 밀어붙인 건, 딱 하나였어요. 이 대표가 나한테 괜찮다고 했으니까. 나는 그 말만 믿은 거지, 내가 뭘 더 판단하겠나."

이태훈은 천천히 숨을 들이켰다. 그의 목소리는 낮고 무거웠다.

"…저도 이렇게까지 될 줄은 몰랐습니다. 회생신청은 정말 뜻밖이었어요. 회수 속도가 좀 느리긴 했지만, 메가플러스 정도면 버틸 거라고 봤습니다. 그 신용등급 하향, 그게 진짜 변수였어요. 일단 검찰 조사에서 잘 소명하고, 고객들 피해도 우선적으로 챙기겠습니다."

이태훈의 말투엔 더 이상의 변명도, 여유도 없었다. 지점장은 조용히 고개를 끄덕였다. 오래된 신뢰가 흔들리고 있었다.

이태훈은 사무실 한쪽, 블라인드를 내린 창가에 서 있었다. 전화기를 붙잡고 있는 손이 약간 떨렸다. 스마트폰 화면에 저장된 이름 하나를 오래 바라봤다. '장민혁.'

통화 버튼을 누르자 곧 신호음이 울렸다. 세 번째 신호에서 연결됐다.

"민혁아. 나야."

"괜찮아? 뉴스 봤다. 지금 한참 시끄럽던데."

이태훈은 잠시 숨을 고른 뒤, 담담하게 말했다.

"괜찮지 않다. 사무실 압수수색도 들어왔고, 검찰 조사 통보도 받았어. 젠장… 메가플러스가 회생 신청까지 할 줄은 나도 몰랐어. 이렇게 갑자기 무너질 줄이야…. 언론에서는 우리가 신용등급 강등되기 전에 유동화증권을 발행해서 자금 조달한 것처럼 이야기하지만, 정말 몰랐어."

이태훈은 핸드폰을 귀에 댄 채 천장을 잠시 올려다보았다. 그러고는 조용히 말을 이었다.

"민혁아, 너 얼마 전에 이창명 후보 소개시켜줬잖아."

장민혁의 목소리가 미묘하게 바뀌었다.

"그래, 뭐 부탁할 거 있어? 선거가 코앞이라 개인투자자들 엮인 일에 개입하는 건 좀 무리가 있을 것 같긴 한데."

이태훈은 몸을 돌려 창밖을 바라봤다. 어수선한 도심, 건물 사이를 비집고 흘러드는 햇빛이 사무실 바닥에 긴 그림자를 드리웠다.

"나도 알아. 지금 타이밍이 얼마나 민감한지. 개인투자자 피해 건이라 후보가 직접 엮이긴 어렵다는 것도. 근데 민혁아, 이건 그냥 '개인투자자 피해 사건'으로만 흘러가면, 너희 캠프도 타격이 있을 수 있어."

"…그게 무슨 말이야."

"지금 검찰이 문제 삼는 건 하나야. 우리가 신용등급

하향 전에 그걸 미리 알고, 그걸 숨긴 채 유동화증권을 발행했냐는 거야. 근데 이건 검찰 가서 충분히 설명할 수 있어. 나도 진짜 몰랐으니까. 회생까지 갈 줄은… 메가플러스 본사에서도 마찬가지고."

이태훈은 창밖을 가리키며 말하는 듯한 손짓을 했다.

"하지만 문제는 그다음이야."

이태훈의 목소리는 낮았지만 확신에 차 있었다.

"지금 이 사태의 책임이 전부 우리, 즉 유동화 설계 쪽으로 몰리고 있어. 시장에서는 파인넥스트 파트너스 운용이 허술했다고 손가락질하고, 일부 언론은 '자산 유동화 자체가 위험하다'는 식으로 프레임을 짜고 있지. 그렇게 되면 어떻게 되는지 알지?"

장민혁은 말없이 숨을 내쉬었다. 이태훈은 말을 이었다.

"자산 유동화가 사기처럼 보이기 시작하면, 그걸 기반으로 한 구조조정 정책은 설 자리를 잃어. 너희 캠프에서 준비 중인 공공·민간 리츠 통합 운영? 유통업 자산 리모델링 프로젝트? 이런 공약들도 다 같이 타격 받게 돼. 사람들이 물어보겠지. 메가플러스도 유동화하다가 망했는데, 이제 정부가 나서서 또 그런 걸 주도하겠다고?"

장민혁의 표정이 굳어졌다. 이태훈은 놓치지 않고 밀어붙였다.

"지금 필요한 건 프레임 전환이야. 이건 구조적인 문제라는 걸 알려줘야 해. 민간 중심의 유동화 시장이 사각지대였다는 점, 운용 리스크 관리가 부재했다는 점. 그래서 공공이 개입된 새로운 형태의 리츠, 그러니까 '공공-민간 리츠 통합 모델'이 필요하다는 걸 역으로 강조해야 해."

"…네가 말하는 그 모델, 지금 우리가 검토 중인 거랑 닿아 있긴 하지."

"그렇지. 정부가 유휴 상가나 공공 부지를 기초 자산으로 리츠에 투자하고, 민간은 자본과 운영을 맡는 구조. 공공은 투명성을 보장하고, 민간은 수익을 추구하면서 시장의 무책임한 유동화와는 선을 긋는 거야. 이 프레임으로 넘어가면, 메가플러스 사태는 오히려 제도 개선의 필요성을 부각시키는 사례가 될 수 있어."

잠시 침묵이 흘렀다. 장민혁은 책상 너머로 뭔가 메모를 하는 듯했다.

"직접적인 캠프 메시지는 어렵다. 하지만 언론에 캠프 정책자문단 이름으로 기고문 하나 띄우는 건 가능할 수 있어. '유동화의 공공성 확보 방안' 정도 제목으로."

이태훈은 조용히 고개를 끄덕였다.

"그거면 돼. 시장은 방향만 보여줘도 반응해. 그리고 검찰도, 그 방향을 눈치채면 이걸 함부로 몰아붙이진 못할 거야. 정치적 부담이 생기니까."

장민혁은 짧게 한숨을 내쉬었다.

"…알았다. 이번 한 번이다, 태훈아. 이건 너 하나 살리자고 하는 게 아니라, 우리 모두가 살 수 있는 방식이어야 하니까."

이태훈은 입술을 굳게 다물며 고개를 숙였다. 그의 머릿속엔 이미, 다음 수순이 그려지고 있었다.

다음 날 아침, 이태훈은 여느 때보다 일찍 사무실에 나왔다. 커피를 한 모금 마신 뒤 곧장 모니터를 켰다. 포털 메인에는 밤사이 올라온 정치 분야 기사 하나가 실시간 검색어와 함께 상단을 장식하고 있었다.

기고: "자산 유동화의 시대, 공공-민간 리츠를 통한 제도적 전환이 필요하다" - 이창명 캠프 정책자문단

기고문은 예상보다 훨씬 정제되어 있었다.

최근 유통업계의 자산 유동화 이슈는 단지 하나의 기업만의 문제가 아니다. 수년간 누적된 민간 중심의 리츠·유동화 시장은 수익률 위주의 운용 관행과 구조적 리스크

관리 미비라는 한계를 드러내고 있다.

지금이야말로 자산 유동화의 정책적 리셋이 필요한 시점이다. 특히 노후 상권이나 대형마트 자산처럼 지역 경제와 직결되는 자산에 대해서는 공공성과 투명성을 담보할 수 있는 공공-민간 통합 리츠 모델이 필요하다.

공공이 기초 자산을 제공하고, 민간은 운용과 수익 구조를 맡되, 일정한 감독과 배당 규율이 적용되는 하이브리드 리츠 체계는 시장 신뢰를 회복하고, 사회적 안전망을 구축하는 유효한 수단이 될 수 있다.

이태훈은 조용히 입꼬리를 올렸다. 메가플러스 사태를 직접 언급하지는 않았지만, 이 기사에 실린 문장 하나하나가 자신의 입장을 대변하고 있었다.

'이게 단지 내 잘못이 아니고, 시스템의 문제다.' 그리고 '이걸 고치려면, 새로운 구조가 필요하다.' 이 메시지는 이미 시장에도, 검찰에도 닿기 시작했다.

하지만 이태훈은 단지 위기에서 빠져나오는 것만이 목적이 아니었다. 그는 이 기고문이 왜 하필 지금 나왔는지를 누구보다 잘 알고 있었다. 이창명 캠프가 추진하는 공공 리츠 확대 전략은, 단순한 제도 정비가 아니었다. 그건 곧 '메가플러스 이후의 시장'을 설계하는 기회였고, 그 기회는 자신처럼 구조를 설계할 줄 아는 사람에게로 흘러갈 가능성이 높았다.

'대통령만 바뀌면….'

이태훈은 커피잔을 들어 천천히 입에 댔다. 메가플러스는 잿더미가 될 수도 있지만, 그 잿더미 위에 새 구조물을 올릴 수 있다면— 이건 실패가 아니라, 새로운 출발일지도 모른다.

유정민 역시 캠프 이름으로 내걸린 기고문을 확인했다.

'이건 이태훈을 구하기 위한 글이다.'

직접 이름이 언급되지 않았지만, 명확하게 느껴졌다. 정민은 천천히 스마트폰을 내려놓고, 이마를 문질렀다. 이 글이 단순한 정책 방향 제시로 보기엔, 시점도, 문장도, 너무 정확했다. 시장 반응을 의식한 듯한 어조, 구조적 문제를 강조하는 방식, 그리고 무엇보다 '책임은 한 회사가 아닌 시스템에 있다'는 그 프레임. 누가 이걸 승인했을까.

정민은 책상 위 메모지를 들춰, 캠프 내 정책 커뮤니케이션 라인을 다시 훑었다. 자문단 단독으로 이런 메시지를 외부로 낸다는 건 불가능에 가깝다. 그건 캠프의 공식 입장을 은근히 드러내는 일이기도 하니까. 그러다 불쑥 떠오른 이름. 장민혁.

불과 며칠 전, 그가 이태훈을 이창명 후보에게 따로 소개했던 자리. 당시엔 사모펀드 운용사 대표로 금융 분야 전문가라는 명목이었고, 별 의미 없이 넘겼다. 하지만 지금 생각해보면, 이상한 구석이 있었다.

그 소개 직후, 캠프 외곽에서 이태훈이 참여한 자산유동화 및 공공리츠 구조안이 검토 테이블에 올라왔고, 그와 동시에 정치자금 일부가 캠프 명의 후원계좌로 들어왔다는 것도—. 그땐 '후원'이라 생각했지만, 지금 보면 너무도 정확한 타이밍이었다.

정민은 자리에서 몸을 일으켰다. 책상에 앉아 있자니 생각이 더 깊어졌다. 장민혁이 직접 기고문을 작성하진 않았을 것이다. 하지만 적어도, 방향은 그가 잡은 것일 가능성이 높다. 지금 흐름이 계속된다면, 이태훈은 단순한 생존이 아니라, 정책 프레임 속에 다시 안착하게 된다. 그리고 그 프레임의 설계자가 누구인지, 정민은 이제 거의 확신하고 있었다.

장민혁. 그는 언제나 배후에서 움직였다. 공식적인 흔적은 남기지 않되, 결과는 항상 그를 향해 있었다.

정민은 천천히 숨을 내쉬었다.

'이제는, 그냥 넘길 수 없는 일이라는 걸 안다.'

말은 하지 않았지만, 정민의 눈빛은 이미 다짐하고 있었다.

17장
요리하는 사람들

이창명은 태블릿 화면을 넘기며 보좌진이 정리한 정책 자료를 훑어보고 있었다. 정민은 한참을 기다렸다가 조심스럽게 입을 열었다.

"후보님, 간단히 공유드릴 게 있습니다. 상대 캠프 쪽에서 골목상권의 구원자로 이름을 날린 백창훈 씨와 접촉 중이라는 이야기가 내부적으로 돌고 있습니다."

이창명이 손을 멈췄다. 화면을 덮고 고개를 들었다.

"정확한 얘긴가?"

"아직 실무선에서 논의되는 정도지만, 꽤 구체적인 접근입니다. 직접 영입보다는 유세 지원이나 자문위원회 형식이 될 가능성이 높고요."

이창명은 의자에 기대며 잠시 생각에 잠겼다. 정민은 덧붙였다.

"백 대표는 개인 브랜드 영향력이 상당하고, 대중 이미지도 안정적입니다. 프랜차이즈 대표이기도 하지만, 방송·교육·창업 분야에서 활동이 많다 보니 '시장주의자' 이미지보다 '현장 조언자' 같은 인식이 강하죠."

"자영업자 표심에 미치는 영향이 크다는 말이지."

"그렇습니다. 특히 경기 침체 국면에서 민생 키워드를 선점당하면, 우리 쪽 공약이 상대적으로 추상적으로 보일 수 있습니다."

이창명은 고개를 끄덕였다. 차분한 표정이었지만 눈빛은 예리했다.

"여론 반응은 어떤가?"

"아직 공개적으로 움직인 건 아니지만, 만약 등장하면 화제성이 큰 인물이라 언론도 적극적으로 다룰 가능성이 높습니다."

정민은 살짝 망설이다가 말을 이었다.

"다만, 백창훈 대표가 이끄는 본가F&B가 상장 당시 공모가 산정 논란, 상장 후 주가 하락, 프랜차이즈 구조에 대한 리스크가 지속적으로 제기돼 왔습니다. 이로 인해 투자자들 사이에서는 이미지가 그리 긍정적이지만은 않습니다. 언론이 관심을 갖게 된다면, 이 부분 역시 충분히 이슈

화될 수 있는 내용입니다."

이창명은 책상에 손을 얹고 말했다.

"공세를 하겠다는 건가?"

정민은 고개를 저었다.

"그보다는… 현실적인 리스크를 사전에 정리해둘 필요가 있습니다. 정치적 효과를 노리고 인물을 내세우는 쪽이라면, 그 인물에 대한 시장 반응과 검증 포인트도 함께 감안해야 하니까요."

이창명 사무실에서 나온 후 유정민은 엘리베이터가 닫히기도 전에 휴대전화를 꺼내들었다. 연락처 목록에서 '최국장 - D일보'를 찾아 눌렀다. 상대는 신호음 한 번에 빠르게 전화를 받았다.

"유 보좌관? 오랜만이네? 저녁 시간도 넘은 것 같은데 무슨 일이예요?"

"국장님, 이메일로 자료 하나 보냈습니다. 본가F&B 백창훈 대표 관련해서, 내부적으로 정리된 자료인데요."

최 국장이 숨을 멈췄다.

"백 대표를 왜?"

"이메일 확인하시면 될 것 같습니다. 검토 부탁드립니다."

최 국장은 전화를 끊자마자 서재에 들어와 노트북을 열

었다. 그는 메일함을 열고 새로 도착한 메일을 클릭했다. 제목은 단순했다.

[본가F&B 백창훈 대표 관련 이슈 정리]

문서를 열자 첫 페이지 상단에 본가F&B의 위법 행위 항목이 정리돼 있었다.

○ *원산지표시법 위반: 낙지, 새우 등*
○ *식품위생법 위반: 농약통으로 포도주스 살포, 조리 용 기기로 허가받지 않은 식기 운용 등*
○ *가맹사업법: 본가돈가스 매출 허위 과장*

이밖에 건축법, 농지법, 주류면허법, 축산물위생관리법 등 위반 사항이 포함돼 있었다. 최 국장은 무의식중에 안경을 한 번 고쳐 썼다. 스크롤을 내릴수록, 익숙한 문장 스타일과 팩트 배열 방식이 눈에 들어왔다.

"너무 체계적인데, 이창명 캠프랑 적이 된 건가…."

그는 페이지를 넘기며 포도주스가 담긴 농약통 사진을 봤다. 지역 축제에서 포도주스를 뿌리고 있는 근로자에게 백 대표가 칭찬을 하고 있는 사진이었다. 이어지는 쪽엔,

식약처 위생 행정처분 내역이 정리돼 있었고, 본가돈가스 가맹 점주들과의 갈등 관련 기사 링크들도 첨부돼 있었다. 최 국장은 입가에 보일 듯 말듯한 미소를 지으며, 당직 중인 데스크 담당 부장에게 메신저를 띄웠다.

"이거 내일 아침 단독으로 처리하자."

다음날 아침, 출근길 지하철 안, 승객들 손에 들려 있는 스마트폰 화면 위로 같은 헤드라인이 떠올랐다.

[단독] '항상 위생 강조하던 프랜차이즈 업계 대표, 자사 브랜드는 어땠나?' - D일보

바로 아래엔 자극적인 서브 타이틀이 이어졌다.

"식약처 행정처분 다수…농약통에 담긴 포도주스 살포, 본가돈가스-가맹점 갈등 논란까지"

기사에는 축제 현장에서 농약통에 포도주스를 담아 음식에 뿌리는 장면을 정면으로 포착했다. 그 옆에서 백 대표가 웃으며 엄지를 치켜세우는 사진이 함께 실려 있었다. 캡션엔 이렇게 적혀 있었다. "현장 위생 강조하던 골목

식당과는 딴판." 그 한 장의 사진이 불을 붙였다. 기사는 SNS에 빠르게 퍼졌고, 트위터와 커뮤니티에는 댓글이 쏟아졌다.

"진짜였네."

"이중잣대 실화냐."

"미디어를 등에 올라탄 장사꾼."

정오가 되기도 전에 유튜브에는 백 대표를 안티하는 영상이 우후죽순 올라왔다.

[충격 단독] 백창훈 브랜드 위생 실태, 알고 먹었습니까?

[팩트체크] 백창훈, 브라질 닭이 국산 닭으로?

[전통시장 사유화] 백창훈의 진짜 속내는?

[비즈니스의 기술] 프랜차이즈 본사 vs 점주들 갈등 재조명

썸네일에는 익숙한 얼굴 위에 굵은 노란 글씨로 '위생? 국산? 다 쇼였던 걸까?'라는 자극적인 문구가 새겨져 있었다. 조회수가 10만 건을 넘어가고 있었고, 댓글창에는 팬이었던 이들조차도 "실망입니다"라는 짧은 문장이 줄지어 달리고 있었다. 정민은 그날 아침, 노트북을 열자마자 이 상황을 한눈에 파악했다. 그는 머리를 쓸어넘기며 낮은 목소리로 중얼거렸다.

"생각보다… 훨씬 빠르네."

정민은 모니터에 뜬 댓글창을 한참 들여다보다가, 마우스를 천천히 움직여 브라우저를 닫았다. 책상 옆에 세워둔 스마트폰엔 이미 여러 개의 메시지 알림이 쌓여 있었다. 언론, 커뮤니티, 그리고 캠프 관계자들까지—모두 같은 키워드로 반응하고 있었다. 정민은 최근 상장한 백 대표의 본가F&B로 이번 이슈를 확장하고자 했다. 문득 도진이 그동안 반복해서 이야기해왔던 문제들이 머릿속에 스쳐 지나갔다. 과잉 포장된 공모가, 반복되는 상장 후 급락, 그리고 누구도 책임지지 않는 구조. 소비자 인기와 브랜드 이미지에 기대어 평가받는 비정상적인 밸류에이션. 공모가 논란이 있을 때마다 주관사는 빠지고, 피해는 투자자에게 전가되는 구조. 그는 메신저를 켜 도진에게 연락했다.

"도진아, 네가 전에 얘기했던 거 있잖아. 국내 IPO 시장의 구조적 문제, 상장 직후 무너지는 주가, 그리고 아무도 책임지지 않는 그 매커니즘 말이야."

도진은 '읽음' 표시만 남기고 잠시 답이 없었다. 정민은 이어서 타이핑했다.

"이번에 백창훈 대표의 본가F&B가 그 이슈를 세상에 드러내는 데 적합한 케이스인 것 같아. 사람들 관심도 지금 최고조고, 소비자 신뢰라는 마지막 장치도 흔들리고 있어. 그냥 네가 보던 방향 그대로 정리해보는 게 어떨까."

조금 있다가 도진에게서 짧은 답장이 도착했다.

"그래, 조사해볼게."

도진은 메신저를 끝내고 곧장 전자공시 시스템에 접속했다. 본가F&B의 상장 직전 공시된 투자설명서를 열었다. 사업 개요, 연결 기준 매출, 영업이익률, 가맹점 수 추이. 수치는 말끔하게 포장되어 있었지만, 그 속엔 여러 문제점들이 드러나 있었다. 성장은 저가 커피 브랜드 매장에 집중되어 있었고, 프랜차이즈 업계 특성을 무시한 기업가치 평가, 그럼에도 불구하고 특정 가맹점의 성공 사례를 부풀리고, 외식업계 대표 인물이라는 인지도를 밀어붙여 상장을 추진했다. 도진은 과거 프랜차이즈 상장 사례들을 종합했다. 태창파로스, MP그룹, 해마로푸드서비스, 디딤 등. 처음에는 모두 '외식 프랜차이즈의 대표 주자'라는 수식어를 달고 있었지만, 상장 후 매출 정체와 본사-가맹점 간 갈등, 오너리스크 등이 불거지며 결국 상장 폐지되거나 거래 정지되어 있는 상태다. 도진은 천천히 키보드를 두드리기 시작했다.

[보고서 초안 제목]

"본가F&B IPO, 주관사는 웃고 개인투자자들은 울고"

1. 보고서 발간 이유

2024년 11월, 본가F&B가 코스피에 상장했다. 백창훈 대표라는 '브랜드 신뢰'가 공모가 산정의 핵심 논리였고, 투자자 다수는 그 이름 석 자를 믿고 청약에 참여했다. 상장 첫날 주가는 공모가 대비 90% 급등했지만 6개월이 지난 지금 고점 대비 60% 가량 급락했으며, 공모가 대비 25% 하락한 상황이다. 시장에서는 "역시 상장 첫날 매수는 필패"라는 냉소가 다시 퍼지고 있다. 이 보고서는 단순한 '브랜드 리스크'나 '일시적 악재'가 아닌, 한국 IPO 시장의 고질적인 문제점을 본가F&B라는 사례를 통해 드러내는 데 목적이 있다.

2. 공모가 산정 - 고평가를 조장하는 기관들

본가F&B의 공모가는 34,000원이었다. 밴드 상단인 28,000원을 훌쩍 넘겼다. 수요예측에 참여한 기관의 과열 경쟁 때문이었다. 상장 당시 공모가 산정에 적용된 PER은 15.78배였지만, 공모경쟁 과열 속에 프리미엄을 붙여 34,000원으로 책정됐다. 가맹점 수 정체와 프랜차이즈 산

업의 구조적 성장 한계, 오너 리스크 등이 반영되지 않은
결과였다.

	구분	단위	수치
①	2024년 예상 순이익	백만 원	29,944
②	유사기업 PER	배	15.78
③	주식수	주	15,511,980
	주당평가액(①×②÷③)	원	30,465
④	주당 평가가액에 대한 할인율	%	8.09~24.50%
	희망 공모가액 밴드	원	23,000~28,000원
⑤	확정 공모가액	원	34,000원
※ 수요예측 결과 및 주식시장 상황을 감안해 밴드 상단 이상의 공모가 산정			

3. 반복되는 상장 후 급락 – 기관, 외국인은 보호예수
이후 떠나고 개인투자자만 장투

상장 당일, 본가F&B 주가는 64,500원까지 급등했
지만, 5월 중순 현재 주가는 26,300원으로 고점 대비
59.2% 급락, 공모가 대비 22.7% 하락한 상황이다. 상장
후 단기간 급등 후 급락하는 패턴이 이어지고 있다. 이는
구조적 문제다. 공모가는 시장 기대감에 의해 부풀려지고,

상장 직후 이익 실현은 기관과 주관사 몫이며, 하락의 부담은 결국 개인 투자자들이 짊어진다.

4. 주관사의 책임 – 프랜차이즈 업종 리스크를 알고도 리스크 반영 전무

본가F&B는 총 공모금액 1,020억 원 중 4.8%에 해당하는 49억 원을 주관사 인수수수료로 지급했다. 이는 2024년 상장 기업 중에서 최고 수준의 수수료율이었다. 프랜차이즈 업종은 이미 상장 이후 잦은 경영 리스크와 회계 불투명성으로 악명 높았다. 과거 태창파로스, MP그룹, 해마로푸드서비스, 디딤 등은 모두 상장폐지나 거래정지라는 동일한 결말을 맞았다. 그럼에도 불구하고 주관사들은 이 위험 요소를 평가 과정에서 사실상 전혀 반영하지 않았다. 어려운 상장을 주관한다는 명목으로 높은 수수료율을 챙기는 데 전념했다. 그들은 투자자 보호보다 수요예측 흥행과 공모가 부풀리기에만 몰두했다. 결과적으로 이번 상장은 '리스크 관리'가 아닌 '흥행 기획'에 가까웠으며, 주관사는 책임 있는 평가자의 역할을 포기했다.

기업명	마켓	모집총액(억 원)	인수 수수료율(%)
본가F&B	코스피	1,020	4.80
서울보증보험	코스피	1,815	0.45
오름테라퓨틱	코스닥	500	4.50
티엑스알로보틱스	코스닥	415	3.50
한텍	코스닥	357	3.00
에이유브랜즈	코스닥	320	2.50
동방메디컬	코스닥	311	4.00

5. 본가F&B의 매출 구조 – 성장 정체와 브랜드 의존도

2025년 예상 매출은 전년 대비 -18.1%, 영업이익은 적자 전환이 예상된다. 전체 매출의 86%가 가맹 수수료이며, 커피 체인점 매출 의존도는 37%를 상회한다. 프랜차이즈 업계 특성상 브랜드 이미지 훼손은 직접적인 가맹점 이탈로 이어지며, 현재 가맹점 수는 3,066개에서 연말까지 2,770개로 감소할 것으로 예상된다. 미스터피자, 연안식당 사례에서 보듯, 올 3분기부터 가맹점 감소가 본격화될 전망이다.

6. 결론 – 이번에도 교훈 없이 지나갈 것인가?

본가F&B 사태는 프랜차이즈 기업에 국한된 일이 아니

다. 이는 '신뢰'로 포장된 구조적 취약성, 주관사의 책임 회피, 공모 시장의 과열, 그리고 투자자 보호의 부재라는 한국 자본시장의 단면을 집약한 사례다. 이 보고서는 '본가 F&B'가 아니라, 이 시장에 반복적으로 출현하는 실패한 IPO 구조를 조명하기 위해 작성됐다.

— RM리서치 최도진

다음날 아침, 정민은 회의실 한쪽에 앉아 천천히 도진의 보고서를 읽어 내려갔다. 공모가 산정의 허구, 프랜차이즈 업종의 구조적 한계, 그리고 오너 리스크 반영으로 인한 가맹점 감소. 도진은 오직 데이터와 구조로만 시장의 문제점을 꼬집었다. 그는 마지막 문단을 읽은 뒤, 한참 동안 말을 잇지 못했다. 보고서를 덮은 채 조용히 중얼거렸다. 이건 그냥 본가F&B에 대한 비판이 아니라, 시장을 움직이는 방식 전체에 대한 고발이다. 정민은 곧바로 메신저를 통해 이창명 후보에게도 리포트를 전달했다.

"후보님, 해당 보고서는 단순한 외식 프랜차이즈 문제를 넘어 한국 IPO 시장의 왜곡 구조를 정확히 짚고 있습니다. 곧 국정 비전 제시에 참고가 될 만한 부분이라 판단되어 전달드립니다."

파일 전송 완료. 잠시 후, 이창명에게서 읽음 표시가 떴다. 그리고 10분쯤 지났을 무렵, 정민의 휴대폰이 울렸다.

"유 보좌관, 보고서 잘 받았네. 이런 주식시장의 구조 문제… 생각보다 훨씬 더 깊고 오래됐군요. 정책으로 풀 수 있는 방향, 같이 고민해봅시다."

정민은 천천히 고개를 끄덕였다. 그는 커피 한 잔을 따르며 조용히 생각에 잠겼다. 도진에게서 전해진 이번 리포트는 단기 한 기업의 민낯을 드러낸 데 그치지 않았다. 그 안에는 오랫동안 방치되어온 금융시장의 왜곡된 구조가 고스란히 담겨 있었다. 이상하게 그날 이후, 상대 캠프에서 준비하던 '백창훈 대표 영입'에 대한 움직임이 자취를 감췄다. 정민은 그 조용한 변화가, 도진의 보고서가 가진 무게감을 역설적으로 보여주는 신호라고 느꼈다.

18장

스테이블코인

　공영방송 생중계 대선 후보 토론회, 세 번째 주제는 '디지털 경제와 미래 통화정책'이었다. 비교적 조용하게 흘러가던 순서. 이번엔 김대혁 후보가 고개를 들었다. 보수 진영의 경제통으로 불리는 그는 기회를 놓치지 않았다.

　"이창명 후보님, 최근 후보께서 스테이블코인의 정부 차원 도입 검토가 필요하다고 하셨죠? 그건 결국, 정부가 민간이 하던 코인 발행·유통 영역에 직접 뛰어들겠다는 뜻 아닙니까? 국민 세금으로 또 하나의 '디지털 화폐 실험'을 하자는 건가요?"

　잠시 정적이 흘렀다. 이창명은 마이크 앞에서 미세하게 숨을 고르고, 조용히 입을 열었다.

　"좋은 질문입니다. 그런데 스테이블코인과 정부가 발행

하는 디지털 화폐, 즉 CBDC는 다릅니다."

그는 천천히 말을 이었다.

"CBDC는 중앙은행이 발행하는, 기존 화폐의 디지털 버전입니다. 말 그대로 '전자지폐'죠. 정부가 찍는 돈이고, 그 돈은 중앙은행의 부채로 기록됩니다."

이창명은 잠시 멈췄다가 시선을 돌렸다.

"반면 스테이블코인은, 민간이 법정화폐에 가치를 연동시켜 만든 '디지털 결제 수단'입니다. 문제는 그 시장이 지금까지는 사실상 무규제 상태였다는 겁니다. 정부의 검토는 '코인을 새로 찍겠다'가 아니라, 이 무규제의 영역을 제도 안으로 끌어들이겠다는 의미입니다."

그는 다시 단호한 어조로 덧붙였다.

"지금까지의 혼란은 '누가 돈을 발행하느냐'의 문제가 아니라, '누가 신뢰를 관리하느냐'의 문제였습니다. 저는 그 신뢰의 주체가 투기 세력이 아니라 국가여야 한다고 생각합니다."

카메라가 이창명을 비췄다.

"아마 오늘 방송을 보고 계신 많은 유권자 여러분들이 스테이블코인 도입에 대한 많은 우려를 가지고 계실 겁니다. 그런데 먼저 이렇게 여쭙고 싶습니다. 지금 우리가 쓰고 있는 원화, 실제로 '현금'으로 존재하는 비중이 얼마나 될까요?"

김대혁은 대답하지 못했다.

"실제로는 7% 남짓입니다. 나머지 90% 이상의 돈은 우리가 눈으로 보지 못하는, 은행 계좌의 숫자로만 존재합니다. 이미 우리는 디지털 원화 사회에 살고 있습니다. 그런데 차이는 있습니다. 지금의 디지털 원화는 투명하지 않습니다. 누가, 언제, 어떤 방식으로 공급하고 흘러가는지 국민은 전혀 볼 수 없습니다."

그는 고개를 들었다.

"스테이블코인은 그런 '보이지 않는 신뢰'를 기술로 시각화하려는 시도입니다. 예를 들어볼까요? USDT, USDC—테더와 서클 두 가지 모두 '1달러에 연동'된 스테이블코인입니다. 하지만 USDT는 테더라는 중화권 자본이 운영하고 있고, 회계는 불투명하며, 미국 국채로 안정성을 담보하지만, 상업어음 같은 유동성 낮은 자산까지 포함하고 있습니다. 반면 USDC는 미국 정부와 협력하는 서클(Circle)이라는 회사가 발행하며, 100% 미국 단기 국채와 현금으로만 담보합니다. 정기 회계감사도 받고, 발행 내역도 실시간으로 공개합니다. 겉으론 똑같은 '1달러짜리 코인'처럼 보이지만, 신뢰의 구조가 전혀 다릅니다."

카메라가 패널석의 토론진들을 스캔했다. 몇몇은 고개를 끄덕이고 있었고, 실시간 채팅창에는 '설명 깔끔하다',

'듣고 보니 이해된다'는 반응이 올라오기 시작했다.

이창명은 말을 이었다.

"저는 민간이 통제 밖에서 '화폐처럼 통용되는 토큰'을 무제한으로 만들어내는 세상을 원치 않습니다. 우리가 이런 논의를 하게 된 이유는, 정부가 기존 화폐 시스템을 국민이 신뢰할 수 있는 방향으로 발전시키지 못했기 때문입니다.

만약 원화 스테이블코인이 도입된다면, 민간에서 발행하되, 정부가 신뢰의 기준과 기술적 인프라를 설계해야 한다고 봅니다. 그게 바로 스테이블코인이 가야 할 길입니다 — 시장과 국가가 함께 '디지털 신뢰'를 구축하는 새로운 통화 질서 말입니다.

예를 들어, 디지털 원화에 연동된 스테이블코인을 도입하면 정부 보조금이나 청년 수당 같은 공공 자금을 보다 빠르고 투명하게 지급할 수 있습니다. 민간 결제망을 통해 집행되지만, 그 흐름은 블록체인으로 기록되어 국민의 세금이 어디로 쓰이는지 명확히 추적할 수 있겠죠. 나아가 정부투자기관이나 공공펀드가 벌어들인 배당 수익의 일부를 스테이블코인을 통해 국민에게 돌려주는 구조도 가능합니다. 즉, 국민이 주식을 사는 것이 아니라, 국가가 벌어들인 공공 이익을 디지털 통화로 국민에게 되돌려주는 체계— 그것이 새로운 시대의 복지이자 금융 민주주의로 나가는 길이 될 것입니다."

김대혁이 말을 잇기 어려워하자, 사회자가 대신 입을 열었다.

"그렇다면 후보님께서는 스테이블코인이 현재의 금융 시스템을 보완할 수 있다고 보시는 겁니까?"

이창명은 미소를 지었다.

"보완도, 혁신도 아닙니다. '복원'입니다. 돈은 결국 신뢰입니다. 그런데 지금 우리가 쓰는 화폐 시스템은, 어떻게 발행되고, 어디에 쓰이며, 누가 결정하는지 대부분의 국민이 알지 못합니다. 중앙은행이 기준금리를 바꾸고, 정부가 국채를 찍고, 시중은행은 그걸 담보로 대출을 늘립니다. 이 모든 과정은 정부의 정책 안에서 이뤄지고, 결과만 통보받는 것이 국민의 역할이었습니다.

그런데 디지털 통화, 특히 스테이블코인은 다릅니다. 기술적으로는 발행, 담보 상태, 유통량 등 모든 정보가 실시간으로 공개되고, 누구나 그 흐름을 감시할 수 있습니다. 물론, 거기서 '정책적 개입'을 누구나 할 수 있는 것은 아닙니다. 다만, 그 투명성이 바로 견제와 감시의 기반이 됩니다.

그리고 그 구조 안에 국민이 직접 참여할 수 있는 통제 메커니즘을 설계할 수 있다면— 앞서 말씀드린 것처럼, 디지털 복지 수당을 스테이블코인으로 지급하고 그 사용 흐름이 실시간 공개되거나, 공공 배당 구조와 연동돼 내 세금이 어떤 공공자산을 통해 돌아오는지 볼 수 있다면, 그것은 통화 시스템을 단순히 '보는 것'을 넘어서 '참여하는 것'으로 진화시킬 수 있다고 확신합니다."

토론이 끝나고 무대 조명이 꺼졌다. 대선 후보자들이 순서대로 퇴장하며 악수를 나누는 와중에, 이창명은 퇴장하면서도 주변에 시선을 주지 않았다. 악수도, 인사도, 마치 다 지나간 절차처럼 느껴졌다. 그의 머릿속은 이미 무대 밖, 그다음 전장으로 향해 있었다.

검은 벽면 뒤로 돌아선 순간, 보좌관 유정민이 기다리고 있었다. 늘 그렇듯, 말없이 손에 커피 하나를 들고.

"수고 많으셨습니다."

이창명을 향해 짧게 고개를 숙이며 유정민이 입을 열었다. 이창명은 커피를 받아 들고 잠깐 숨을 고르더니, 쓴웃음을 지으며 말했다.

"오늘 좀 힘들었어. 스테이블코인을 이렇게까지 적대적으로 꺼낼 줄은 몰랐어."

유정민은 고개를 끄덕였다.

"국민 세금으로 '또 하나의 코인 사기'라는 프레임, 딱 그쪽다운 방식이죠. 불확실한 건 전부 사기라고 몰아가는."

이창명은 조용히 커피를 한 모금 마셨다. 그리고 낮게 말했다.

"그래서 오히려 기회였어."

유정민은 눈썹을 살짝 올렸다.

"기회요?"

"응. 대부분의 사람들은 돈이 그냥 '거기 있는 것'이라고 생각하잖아. 은행에 있든, 지갑에 있든, 언제든 꺼내 쓸 수 있는 '실체'라고 믿는 거지. 근데 오늘 처음으로 말했어. 지금 우리가 쓰는 돈은 종이가 아니라 기록이고, 흐름이라는 걸. 그리고 그 흐름이 어떻게 만들어지고 움직이는지— 정작 아무도 모른다는 사실을."

유정민은 잠시 고개를 끄덕였다.

"그러니까 그걸 보이게 만들겠다는 말씀이신 건가요?"

"보이게 만들고, 참여할 수 있게 할 거야. 돈이 어디로 흘러가고, 어떻게 다시 나에게 돌아오는지. 그걸 기술로 보여줄 수 있다면— 그건 통화가 아니라 신뢰로 작동하는 시스템이 되는 거지."

유정민은 몇 초간 아무 말 없이 서 있다가, 작게 웃었다.

"정치판에 한평생 계셨던 분치고는, 너무 금융 쪽 말씀만 하시는 것 아닙니까?"

이창명도 웃었다.

"정치가 시장을 외면하면, 시장이 결국 정치까지 바꾸더라고."

둘 사이에 잠깐 정적이 흘렀다. 그리고 유정민이 마지막으로 물었다.

"오늘, 잘 전달됐을까요? 그 말들, 국민들이 알아들었을까요?"

이창명은 잠시 생각하다가 대답했다.

"다 알아듣진 못했겠지. 하지만 '지금 뭔가 바뀔 수 있겠구나' 하는 감각— 그건 느끼지 않았을까? 그게 시작이야."

다음 날 오전, 이창명 캠프 전략회의실. 유정민은 한 장의 프린트를 들고 들어왔다. 회의실 대형 스크린에는 여전히 전날 토론 장면이 무음으로 재생되고 있었다. 카메라 앞에서 이창명이 스테이블코인에 대한 의견을 말하던 장면이 반복되고 있었다.

유정민은 조용히 입을 열었다.

"방금 한국은행에서 공식 입장이 나왔습니다. 스테이블코인 관련 후보님 발언에 대응한 브리핑이에요."

이창명이 시선을 돌렸다.

"어떤 반응인가요?"

유정민은 종이를 탁자 위에 놓으며 읽었다.

"스테이블코인은 단순한 결제 수단이 아니라, 국가 통화 질서와 금융안정에 직결된 사안이다. 중앙은행이 이 흐름을 외면하지 않고, 민간 스테이블코인 병행 모델을 주도해야 한다. 그리고 이 문장이 핵심입니다— '화폐 시스템에 대한 국민의 신뢰는 운영방식과 책임구조가 명확할 때 비로소 가능해진다.'"

이창명은 조용히 고개를 끄덕였다.

"한은이 여기까지 얘기하는 건 이례적이네요."

유정민은 말을 이었다.

"어제 후보님의 발언은 단순한 기술 논의나 캠페인 구호가 아니라 정책 테이블 위로 '디지털 통화' 논의를 올린 신호로 받아들여지고 있습니다."

이창명은 창밖 먼 곳을 바라보다가 조용히 말했다.

"결국 핵심은 그거야. 사람들이 믿을 수 있는 방식으로 돈이 움직이게 하는 것. 그게 진짜 경제를 움직이는 힘이지."

유정민은 짧게 웃으며 대꾸했다.

"이제 질문의 초점이 바뀌었습니다. '코인을 인정할 것이냐'가 아니라 '누가 신뢰를 설계하고 관리할 수 있느냐'로 말이죠."

이창명은 고개를 끄덕이며 말했다.

"그래, 그리고 그 무게를 우리가 감당하겠다고 말해야 할 타이밍이 온 거지."

이창명의 말이 끝나자, 회의실 안에 조용한 숨소리만 흘렀다. 잠시 뒤, 뒤쪽 벽에 기대고 있던 장민혁이 입을 열었다.

"스테이블코인이 신뢰할 수 있는 시스템이 될 수 있습니다. 다만, 그 시스템에 어떻게 '변조할 수 없는 룰'을 심어놓느냐 하는 문제도 검토해야 합니다."

모두가 장민혁을 바라봤다.

"스테이블코인의 진짜 무서운 점은 이 시스템의 구조가 잘못되면, 그 신뢰는 단 하루 만에도 무너질 수 있다는 것입니다. 이미 루나 코인 등이 이런 실패를 가져왔고, 만약 정부가 개입한 스테이블코인에서 이런 문제가 생긴다면 엄청난 사안으로 파급될 수 있습니다. 또 한은에서 이렇게 이례적으로 나선 건, 현재 당선이 유력한 우리 후보님의 정책을 지지하는 긍정적인 의미도 있지만, 본인들의 자리를 지키기 위해 나선 것일 수도 있습니다. 앞으로 전개될 디지털 화폐 시장에선 스테이블코인의 헤게모니를 어디서 갖느냐에 따라, 이 나라에서 '실물 없이 돈을 움직이는 권한'이 어디로 가느냐가 정해질 텐데…. 이 '그림자 재무부'를 어디서 핸들링 할 것이냐 하는 싸움이 생각보다 훨씬 빠르게 시작된 느낌입니다."

장민혁의 말은 겉으론 분석처럼 들렸지만, 유정민은 직 감적으로 알 수 있었다. 저건 상황 설명이 아니라, 이미 머 릿속에 로드맵이 있는 자의 언급이었다. 유정민은 숨을 들 이마시며 생각했다.

'내가 너무 안일했다. 후보님의 경제 공약만 생각하고 있었지. 이 판에서 누가 먼저 디지털 통화의 손잡이를 쥐 느냐에 대한 생각으로 확장해 보지 않았다. 장민혁은 이 미, 어디서 그 손잡이를 쥘지 정해둔 게 아닐까?'

그는 의자 등받이에 등을 기댄 채, 다시 장민혁을 바라 봤다. 그는 언제나 멀찍이 떨어져 있는 것처럼 보이지만, 결정적인 순간엔 이미 결론을 내려놓은 얼굴을 한다.

'이번 판의 끝이 어딘지를, 나보다 먼저 짚고 있었던 게 아닐까—. 나는 너무 이창명 후보의 선거 승리에만 집착하 고 있는 것이 아닐까—.'

유정민은 잠시 시선을 내렸다. 판이 빨라지고 있었다.

정민은 그날 밤, 집으로 돌아가지 않고 도진의 사무실 로 향했다. 늦은 시간이었지만, 도진은 여전히 모니터 두 대를 켜놓고 무언가 분석하고 있었다.

"왔어?"

도진이 모니터에서 눈을 떼지 않은 채 말했다. 유정민은 가볍게 웃으며 소파 한쪽에 몸을 던졌다.

"너는 어떻게 맨날 야근이냐?"

"내가 이렇게 야근하고 있어야 네가 집에 가기 전에 들를 때라도 있잖아." 도진이 넉살 좋게 웃으며 말했다.

"오늘 장민혁 실장이 회의에서 한 말이 걸려서. 스테이블코인에 대해 지나치게 정확한 의식을 갖고 있더라고. '실물 없이 돈을 움직이는 권한'이 어디로 가느냐가 이번 정책의 본질이라고 말하더라고. 그리고 한은의 발표로 헤게모니 싸움이 이미 시작된 것이라고."

도진은 마우스를 움직이다 말고 천천히 고개를 돌렸다.

"그 사람, 본심을 드러낸 건가?"

"정확히는 모르겠는데, 당시에는 그냥 분석처럼 말했는데… 내 직감은 그렇게 반응했어. 설명이 아니라, 이미 결론을 내놓은 사람처럼 말하더라고."

도진은 조용히 손을 깍지 껴 책상 위에 올렸다.

"장 실장은 예전부터, '가치는 소유보다 설계가 중요하다'는 말을 자주 했다고 하던데. 금융위에 있을 때부터 정책을 주도하던 양반이니까. 네가 그렇게 느꼈다는 것은 그 시스템이 이제 스테이블코인으로 옮겨가고 있다고 본 거지."

유정민은 고개를 끄덕였다.

"나는 선거만 보고 움직이고 있는데, 그는 벌써 이후를 내다보고 있더라고."

잠시 침묵 후 도진이 천천히 대답했다.

"그 사람이 무엇을 보고 있든, 우리는 그가 보지 못하는 것을 봐야 해. 그게 살아남는 쪽의 조건이니까."

유정민은 고개를 떨군 채, 짧게 숨을 내쉬었다. 그리고 조용히 중얼거렸다.

'살아남는 쪽의 조건이라….'

19장
새벽을 깨우는 연설

　밤새도록 이어졌던 개표 방송이 드디어 막을 내렸다. 정확히 새벽 3시 42분, 중앙선거관리위원회가 공식 발표했다.

　"21대 대통령 선거 결과, 이창명 후보가 50.7%의 득표율로 당선되었습니다."

　이창명 곁에 있던 유정민은 눈을 질끈 감았다. 대통령 당선인 이창명은 캠프의 회견장을 뒤로하고, 서울 광화문 광장으로 향했다. 그곳은 지난 수십 년 동안 한국의 민주주의가 가장 뜨겁게 숨 쉬었던 자리였다. 그는 국민의 선택을 국민 앞에서 직접 선언하고 싶었다.

　새벽 공기는 차가웠지만, 광장은 이른 시간부터 몰려든 시민들의 열기로 가득했다. 옅은 안개가 세종로를 감싸고, 가로등 아래로 빛이 부드럽게 퍼졌다.

이창명은 천천히 단상에 올랐다. 웅성거리던 인파가 잠시 숨을 죽였다. 그 순간, 그는 자신이 '정치의 중심'이 아니라 '국민의 한가운데' 서 있다는 것을 느꼈다.

이창명 대통령 당선자가 선언문을 읽기 시작했다.

"존경하는 국민 여러분, 저 이창명은 여러분의 선택 앞에 무거운 책임감을 느낍니다. 저는 오늘, 단지 한 정당의 승리가 아닌, 이 땅의 정의와 공정, 그리고 미래를 향한 의지의 승리를 선언합니다. 우리는 지난 수십년간 '기득권'이라는 이름 아래, 국민의 삶보다 그들의 이익이 우선된 사회를 살아왔습니다. 이제는 달라져야 합니다.

정치는 더 이상 권력의 유지를 위한 기술이 되어서는 안 됩니다. 정치는 국민의 삶을 바꾸는 수단이어야 합니다. 저는 정치의 본질을 회복하겠습니다.

첫째, 저는 청렴하고 투명한 정부를 만들겠습니다. 공직자에 대한 고강도 이해충돌 방지 시스템을 구축하고, 로비와 내부자 거래에 대한 감시를 강화하겠습니다. 고위공직자 재산등록을 전면 개편하고, 퇴직 후 민간 영역에서의 활동을 제한하는 윤리법을 제정하겠습니다.

둘째, 저는 권력기관의 독립을 보장하겠습니다. 검찰, 경찰, 감사원, 국세청은 누구의 하명도 받지 않고 국민만을 위한 감시기관으로 기능하게 될 것입니다. 그 누구도 법 위에 존재할 수 없다는 대원칙이 지켜지도록 하겠습니다.

셋째, 저는 권력 구조와 정치 시스템의 근본적인 개혁을 추진하겠습니다. 대통령 임기를 4년 중임제로 개헌해, 책임 있는 행정과 일관된 정책 추진이 가능하도록 하겠습니다. 국회의원의 불체포특권과 과도한 면책 특권을 폐지하고, 모든 공직자는 법 앞에 평등하다는 헌법 정신을 실질적으로 구현하겠습니다. 정치는 특권이 아닌, 국민을 위한 봉사의 장이어야 합니다.

경제는 이제 기득권의 이익을 보장하는 장치가 아니라, 국민 모두의 기회를 창출하는 플랫폼이 되어야 합니다. 저는 경제의 패러다임을 전환하겠습니다.

첫째, 저는 디지털 금융 주권을 확립하겠습니다. 국민이 통제하는 스테이블코인 기반의 디지털 화폐 시스템을 도입하겠습니다. 이는 단순한 기술 혁신이 아닙니다. 이는 기존의 금융 질서와 화폐 시스템 자체를 재편하는, 사실상 화폐 개혁 수준의 전환을 이끌어낼 것입니다. 국민이 통제하고 참여하는 이 새로운 디지털 통화 시스템은, 국가의 자산 흐름과 부의 구조를 근본부터 다시 설계하는 시도가 될 것입니다.

둘째, 저는 재벌 개혁을 완수하겠습니다. 순환출자 고리를 끊고, 일감 몰아주기를 근절하며, 지배구조 투명성을 강화하겠습니다. 또, 상법을 개정해 대주주의 전횡을 막고, 기업의 중요한 의사결정 과정에 소액주주와 개인투자자의 권리가 실질적으로 반영되도록 하겠습니다. 동시에 중소기업과 소상공인의 공정한 경쟁 환경을 만들고, 이들에게도 미래의 기회를 열어드리겠습니다.

셋째, 저는 미래산업을 중심으로 한 국가 전략을 수립하겠습니다. AI, 반도체, 바이오, 로봇, 에너지 전환 등 국가 핵심 기술 분야에 대한 정부의 전략적 투자를 확대하고, 민관 협력 체계를 제도화하여 한국 경제의 새로운 성장동력을 확보하겠습니다.

넷째, 저는 청년과 노동에 투자하겠습니다. 청년 창업을 국가 차원에서 지원하고, 플랫폼 노동자 권리를 제도화하겠습니다. 배달, 대리운전, 프리랜서 등 디지털 기반의 비정규 노동자들에게도 사회보험, 최저임금, 근로조건 개선 등 기본적인 노동권을 적용하겠습니다. 노동이 존중받는 사회, 기술과 노동이 함께 성장하는 사회를 만들겠습니다.

사회는 더 이상 경쟁과 분열의 전장이 되어서는 안 됩니다. 연대와 배려, 공정과 신뢰를 회복해야 합니다. 저는 대한민국 공동체를 다시 세우겠습니다.

첫째, 교육을 국가의 최우선 투자 영역으로 삼겠습니다. 지역, 계층에 따른 교육 격차를 해소하고, 디지털 기반의 맞춤형 교육으로 학생 개개인의 가능성을 살리겠습니다. 공교육의 자율성과 책무성을 균형 있게 보장하겠습니다.

둘째, 저는 복지를 선별이 아닌 기본으로 재구성하겠습니다. 아동, 노인, 장애인, 한부모 가정 등 사회적 약자에 대한 보호는 국가의 의무입니다. 대한민국은 이미 초고령 사회로 진입했고, 이에 대응하지 못하면 사회 전체의 지속 가능성에 큰 위기가 닥칠 것입니다.

노인돌봄과 건강관리 시스템을 전면 개편하고, 연금제도의 형평성과 효율성을 높이겠습니다. 고령층의 사회적 고립을 줄이기 위한 지역사회 통합돌봄 서비스를 확대하고, 노인 일자리와 평생교육 기회를 함께 제공하겠습니다. 누구도 배제되지 않는 보편 복지 체계를 실현하겠습니다.

셋째, 저는 인구 위기에 정면으로 대응하겠습니다. 저출산과 자살률은 지금 이 시대 대한민국이 직면한 가장 심각한 사회문제입니다.

출산을 개인의 희생이 아닌, 국가가 함께 책임지는 구조로 만들겠습니다. 주거, 보육, 교육, 일자리까지 연결된 통합 지원 시스템을 구축하고, 임신과 육아에 대한 경제적 부담을 획기적으로 줄이겠습니다. 청년 세대가 미래를 낙관할 수 있어야 출산이 자연스럽게 이어질 수 있습니다.

또한 OECD 국가 중 최상위에 속한 자살률 문제를 해결하기 위해 정신건강 의료 접근성을 높이고, 사회적 고립과 절망에 빠진 이들을 위한 위기 대응 네트워크를 촘촘히 구축하겠습니다. 생명 존중 사회, 함께 사는 공동체를 만들겠습니다.

넷째, 저는 지방의 시대를 열겠습니다. 수도권 일극 체제를 해소하고, 각 지역의 특성과 산업을 살리는 지역 균형 발전 전략을 강력히 추진하겠습니다. 지역에도 일자리와 인재, 문화가 공존하는 생태계를 만들겠습니다.

다섯째, 저는 언론의 자유를 보장하되, 허위정보와 여론조작에는 단호히 대응하겠습니다. 공영방송의 독립성과 자율성을 회복하고, 가짜뉴스와 악의적 왜곡에 대한 책임을 강화하겠습니다.

존경하는 국민 여러분, 우리는 지금 거대한 전환의 문 앞에 서 있습니다. 과거의 질서가 무너지고, 새로운 질서가 도래하는 이 시기, 우리에게 필요한 것은 단결된 의지와 새로운 상상력입니다. 이제 대한민국은 국민이 주인인 경제, 그리고 미래가 두려움이 아닌 기대가 되는 사회로 나아갈 것입니다. 저는 그 문을 열 준비가 되어 있습니다. 우리 함께 가시죠."

비가 그쳤다. 광장을 메운 침묵 속에서 한 아이가 먼저 박수를 쳤다. 곧이어 사람들의 손뼉 소리가 물결처럼 번졌고, TV 화면 너머에서까지 웅장한 울림이 전해져 오는 듯했다.

정민은 단상 뒤, 빗물이 스민 돌바닥 위에 서 있었다. 경호원과 수행 비서들이 주변을 정리하고 있었지만, 그는 홀로 무대 위를 바라보며 한참을 움직이지 않았다.

"이제부터야. 권력이 아니라 신뢰로 세운 나라, 그 믿음을 지켜낼 사람이 되어야 한다."

그의 목소리는 작았지만 단단했다. 그는 천천히 고개를 들었다. 저기, 국민들 사이에서 들려오는 박수 소리가 아직도 이어지고 있었다.

같은 시각, 한남동 조용한 주택가 언덕 위, 오래된 2층 건물. 불필요한 장식 없이 정갈하게 정리된 회의실 안. 창밖으로는 동이 트며 흐릿한 빛이 한강 위로 퍼지고 있었다.

"지금은 캠프 실무진 중심으로 인선이 굴러가고 있어."

장민혁이 차 한 모금을 마시며 말했다.

"기존 정부 조직이나 용산 쪽 라인보다, 내부 조율이 먼저야. 당선인도 그걸 원했고."

테이블 위, 펼쳐진 메모에는 이름이 적힌 쪽지가 빼곡했다. 이태훈은 조용히 몇 줄을 훑었다. 익숙한 이름들이었다. 한두 번 언급되고 말 인물들이 아니라, 조직을 움직일 사람들.

"우린 전면에 나서지 않는 게 맞겠지."

그가 조용히 말했다.

"당선인은 지금 '개혁'과 '절제'를 말하고 있고, 그 언어를 무시한 채 성급히 움직였다간… 오히려 우리가 손해야."

"그래도,"

장민혁이 말을 이었다.

"이번에 추천한 인물 몇 명은, 당선인이 눈여겨본 사람들로 포장해서 넣을 수 있었어. 대외적으로도 이상 없고."

그는 말을 멈췄다 이어 말했다.

"…다만 유정민 쪽에서 조금 예민하게 반응하는 것 같더군."

이태훈은 고개를 들지 않고 물었다.

"무슨 식으로?"

"선을 그으려는 기색이 보여. '캠프 내 기득권화 경계'라는 표현을 썼더라고. 그쪽은 정권을 잡은 이후에도 원칙에 따라 움직일 생각인 것 같아. 현실 감각보다는… 방향에 더 관심이 있는 쪽이지."

조금의 침묵이 흘렀다.

"그건 그렇고,"

이태훈은 손을 뻗어 한 서류 봉투를 테이블로 밀었다.

"이건 때가 되면 따로 검토 좀 해줘. 아직 공식적으로 꺼낼 건 아니고, 적당한 시기에 사전 조율 정도만 해주면 돼."

장민혁이 봉투를 열었다. 겉표지에는 간결하지만 낯선 제목이 적혀 있었다.

W-Node 프로젝트: 스테이블코인 기반 디지털금융 생태계 설계안
부제: 중앙-민간 분산금융체계의 통합 운용 구조

"지금 금융은, 한국은행에서 통화를 발행하고, 규제, 감독은 금융위, 금감원에서 하고, 은행, 보험, 증권, 카드사 등 유통 인프라는 민간에 있는 상황이잖아. W-Node는 스테이블코인을 활용해서 정책과 자금의 흐름을 하나의 프로토콜에서 통합할 수 있어. 정부는 방향을 정하고, 우리는 길을 만드는 거지."

첫 장 요약문에는 이렇게 쓰여 있었다.

"화폐는 국가가 보증하고, 금융은 민간이 설계하며, 거래는 프로토콜이 수행한다."

이태훈이 조용히 입을 열었다.

"이건 단순한 스테이블코인이 아니야. 우리가 제안하는 구조는 민간이 발행하고 운영하는 디지털 원화 기반 시스템이야. 정부는 보증과 감독들만 제공하는 역할이지, 직접 운용자는 아니야. 결제 인프라, 노드 운영, API 통신, 보안 프로토콜 등 기술 기반은 이미 구축해 놨어. 우리 펀드는 2년 전부터 여러 블록체인, 핀테크 기업을 인수하며 이 구조를 다져왔고, 지금 계열사 7곳이 이걸 뒷받침하고 있어."

장민혁은 페이지를 넘기며 말했다.

'디지털 지갑 통합', '이원화 결제체계', '스마트보조금 정산', 심지어는 '디지털 담보 기반 정책금융'까지 언급돼 있었다.

"…거창하군."

"내 친구가 이 정부의 핵심 참모인데, 이 정도 스케일이 아니면 대화가 안 되지."

이태훈이 장민혁을 힐끗 보고 웃으며 말했다.

"이번 사업 정말 크다. 그리고 이건 그동안 우리가 해왔던 것처럼 '한 건 해 보자' 수준의 사업이 아니야."

잠시 침묵이 흘렀다. 장민혁이 먼저 말을 꺼냈다.

"그런데 한국은행에서 CBDC 시범 사업을 진행 중이고, 얼마 전에 원화 스테이블코인도 자기들이 주도하겠다고 밝힌 거 알지?"

이태훈은 고개를 끄덕였다.

"맞아. 그런데 그건 '결제 수단'으로서의 실험일 뿐이야. 우리는 이걸 '금융 시스템 전체'를 재설계하는 플랫폼으로 보고 있어. 한은은 제도적으로 속박돼 있고, 기술은 느려. 결국 민간에 맡길 수밖에 없을 거야. 다만 문제는, 누구한테 맡기느냐는 거지. 우리가 그 구조를 먼저 설계해 놓으면, '허용된 시스템'이라는 이름으로 정권이 그 위에 올라타기만 하면 돼. 정책은 정부가 발표하고, 수익은 우리가 그 구조 안에서 가져가는 거지."

장민혁은 문서의 마지막 장을 덮었다.

"근데 왜 지금 이걸 들고 온 거지? 너무 이르잖아."

"당연하지. 지금은 그저 신호가 필요한 거야."

이태훈은 어조를 낮췄다.

"정권 초기엔 누구도 돈 얘길 꺼내지 않아. 하지만 이 정권이 새로운 방향을 제시하려면 결국 '자금'을 만들어야 돼."

그는 몸을 앞으로 숙이며 말했다.

"미국이 코로나 이후로 그렇게 달러를 많이 찍어냈는데도 왜 인플레이션이 이 정도에서 머무는 줄 알아? 그 막대한 유동성이 다 어디로 갔을까. 여러 가지 이유가 있겠지만, 과거와 다른 점은 바로 가상화폐 시장이 엄청나게 커졌다는 점이야. 비트코인, 이더리움, NFT 같은…. 디지털 자산이란 해소 수단이 생겼기 때문에, 대규모로 풀린 자금이 곧장 물가를 자극하지 않았던 거지. 이건 우연이 아니야. 이제 이 시장은 '없앨 수 없는 질서'가 됐어."

그는 낮고 단단한 목소리로 말했다.

"우리나라도 빨리 공신력 있는 원화 스테이블코인을 만들어서 그 시장을 개척해야 해. 여기서 우리가 '허용된 시스템'으로만 인정받으면, 자금은 알아서 몰려들게 되어 있어."

조용한 침묵이 이어졌다. 밖에서는 새벽 배송 차량의 소음이 간헐적으로 들렸다.

"…그래서, 이걸로 어떤 걸 얻을 수 있다는 거지?"

"우리가 이 플랫폼을 쥐게 되면, 한국에서 '돈이 움직이는 길' 자체가 우리가 만든 프로토콜 위에서 오가게 돼. 카드사, 은행, 보험, 쇼핑, 복지, 대출, 환전, 투자. 이 모든 자산의 흐름이 '노드'를 통과해야 한다면… 연간 고정 수익만 수천억 단위로 발생해. 플랫폼 수수료, API 사용료, 정책연계 패키지… 이건 아주 안전한 가상화폐 거래소 몇 개를 가지고 있는 것과 같아."

잠시 멈췄다가 말을 이었다.

"그리고 이 구조가 살아 있으면, 어떤 정권이 들어와도 너와 나는 계속 플레이어로 남게 되는 거야."

장민혁은 고개를 들었다. 표정은 단단했지만, 눈동자는

흔들리고 있었다.

"정무적으로는 아직 논의할 단계가 아니야. 하지만 가능성은… 있다."

이태훈은 고개를 끄덕이며 자리에서 일어섰다.

"그 말이면 충분해. 지금은 시스템을 미리 짜놓는 시간이지."

이태훈은 사라졌지만, 그의 말은 여전히 그 공간 안에 맴돌고 있었다.

"어떤 정권이 들어와도 너와 나는 계속 플레이어로 남게 되는 거야."

장민혁은 잠시 자리에서 일어나 창가로 걸어갔다. 그는 창밖을 바라보며, 입술을 굳게 다물고 한동안 서 있었다.

이 구조는 정권을 위한 것도, 국가를 위한 것도 아니었다. 정권이 바뀌어도 멈추지 않도록 설계된 금융 시스템, 스스로 증식하며 작동하게 될 새로운 질서였다. 그리고 지금, 그는 그 입구에 서 있었다.

생각에 잠겼던 장민혁은 천천히 핸드폰을 꺼냈다. 화면에는 유정민의 이름이 대기 중인 메시지 창에 떠 있었다.

"아직 정무적으로 논의할 단계는 아니야. 서둘러서는 안 돼."

아까 본인이 한 말이 다시 떠올랐다. 그는 알고 있었다. 유정민은 이 구조를 절대 받아들이지 않을 거란 걸. 장민혁은 짧게 숨을 내쉬며 휴대폰을 닫았다. 메시지는 보내지 않았다. 지금은 적절하지 않았다. 대통령 선거는 막 끝났고, 권력은 새로이 정비되고 있었다. 시스템은 이미 움직이고 있었고, 정책이 그 뒤를 따라오게 될 뿐이었다.

그는 의자에 몸을 기댔다. 천장 한가운데 매달린 희미한 형광등 불빛이, 묵직한 정적 속에서 그를 비추고 있었다.

20장

인과응보

공식 대통령 취임식은 생략됐고, 바로 국정 업무가 시작됐다. 유정민은 대통령비서실 정책기획비서관으로 임명됐다.

국정전환 실무 회의가 끝나고 다들 회의실을 빠져나갔지만, 유정민은 자리를 떠나지 않았다. 그는 조용히 회의 자료를 다시 집어 들었다.

국가 디지털금융 표준 노드 구축 방향
부속 검토안 – 정책실 의견 없음

형식상은 단순한 참고 자료였다. 하지만 이 시점, 이 회의에서 굳이 이 안건이 올라온 이유가 마음에 걸렸다. 유정민은 문서를 넘기다 멈췄다.

민간 기술 기반 정책금융 연동 프로토콜 설계 가능성.
자산 유통 구조의 이원화.
디지털 담보 기반 정책 플랫폼 시범운용안.

그는 지금, 대통령직 인수도 마무리되지 않은 정권 초기에 누군가가 '금융 질서'를 먼저 움직이려 한다는 것을 직감했다. 그는 회의 중 장민혁의 반응을 떠올렸다. "별도 추진계획은 없다"라는 말과 달리, 그의 말투는 지나치게 단정했고, 자료의 흐름은 이미 누군가가 로직을 완성한 문서처럼 정돈돼 있었다.

유정민은 조용히 펜을 꺼내 메모했다.

W-Node, 내부 기획이 아닌 외부 설계?
정무실 개입 없음 → 장민혁 직접 기획 가능성 검토.

그는 커피잔을 들고 창밖을 바라보다가, 조용히 말했다.
"정책은 정무의 언어로 시작돼야 하는데, 이건 구조화된 안건부터 올라오고 있다. 장민혁이 제도를 만들고, 이태훈이 민간 플랫폼으로 참여하는 것인가… 이렇게 노골적으로?"

서울 마포, 조용한 골목 안 커피숍. 창가 자리에 앉아 있던 도진이 문을 열고 들어오는 승민을 발견하고 손을 들었다. 승민은 자리에 앉자마자 노트북을 꺼냈다. 그의 얼굴은 굳어 있었다.

"박소은한테 연락 왔어."

승민이 조용히 말했다.

"박소은이요?"

도진이 눈썹을 살짝 올렸다.

"응. 지난번 M증권사 취재할 때, 그 CFD 계좌… 이태훈 쪽이랑 연결돼 있는 것을 확인한 모양이야. 지난주에 강남센터 결제업무팀에 CFD 계좌 이상 여부를 확인하는 작업이 있었대. 거래소 쪽에서 RMS(리스크 관리 시스템) 경고가 떠서 지점별 매매 내역 점검이 내려왔거든."

"그래서요?"

"그 지점의 CFD 계좌 전체 체결 내역을 임시로 확인하는 업무를 박소은이 일부 맡았어. 원래는 비공개 등급 계좌도 있어서 접근 권한이 없었는데, 업무 일시 처리용 공용 터미널에서 조회하는 상황이었고, 거기에… 지점장이 관리하는 계좌도 포함돼 있었던 거지."

도진이 고개를 들며 물었다.

"계좌가 한두 개가 아닐 텐데, 이태훈 관련 계좌라고 특정

할 수 있는 단서가 있었나요?"

"이상한 주문이 걸린 계좌를 우연히 본 거지… 많은 계좌들 가운데 '스페이스코리아'를 매매한 것은 그것뿐이었으니 말이야."

승민은 노트북을 도진 쪽으로 돌리며 엑셀 시트를 열었다. 정렬된 거래 시각과 종목명, 수량이 도진의 눈앞에 나타났다.

"박소은이 휴대폰 사진으로 찍어서 보내준 걸 내가 일일이 엑셀파일로 정리한 거야. 미리 비교해봤는데, 이태훈과 연관된 원브릿지인베스트먼트 계열 펀드가 과거 투자한 종목들과 상당 부분 일치해. 스페이스코리아, 성지개발, DI철강 등."

도진이 화면을 뚫어지게 바라보다가 입을 열었다.

"거래 패턴은 어떤가요?"

"다 비슷해. 모두 급등하기 전에 샀다가 50% 정도 상승하면 분할 매도하기 시작하더라고. 체결 시간도 대부분 거래량이 많은 정규시장 초반에 이뤄지고, CFD 계좌니까 실명 노출도 없고."

도진은 조용히 커피잔을 내려놨다.

"이게 언론에 알려지면 박소은이 위험할 수도 있겠네요. 거래 내역은 결국 고객 정보인데, 지점 내부 자료 유출 문제로 몰리면….”

승민이 고개를 끄덕였다.

“나도 그 생각 했어. 그래서 아직 아무한테도 안 보여줬어. 데스크에 보고도 안 했고.”

그는 잠시 말을 멈췄다가, 조심스럽게 덧붙였다.

“그리고… 박소은이 며칠 전에 강민수한테 연락받았대.”

도진의 눈이 잠시 흔들렸다.

“필리핀에 있다던 그 강민수요?”

“응. 직접 통화했는데, 지금 마약 소지 누명을 쓰고 필리핀 감방에 있다고 도와달라고 전화를 했대. 비자 만기로 불법 체류자 신분이라 외부에 연락도 못하게 해서, 지금 감방살이 한 지 한 달이 다 되어 가나 봐. 파인넥스트 파트너스가 배후에 있는 것 같다고 했대. 돈도 다 떨어지고 해서 그쪽에 연락을 다시 했었는데, 협박으로 생각하고 자신을 이렇게 만든 것 같다고. 필리핀으로 떠나기 전에 비밀 유지에 대한 각서를 작성했는데, 관련 사실을 누설하거나, 특정 사건을 언급할 경우 법적 책임을 묻겠다는 조항이 들어가 있었나 봐.”

도진이 낮게 내뱉었다.

“…덮어놓은 게 아니라, 봉인해 놓은 거네요.”

잠시 말이 없었다. 승민은 손에 쥔 컵을 내려놓았다.

“그럼, 어떻게 할 건데? 무슨 수가 있어?”

도진은 잠시 눈을 감았다가 다시 떴다.

"그 자료, 우리가 감당하기엔 버거워요."

승민이 조심스럽게 말을 꺼냈다.

"유정민한테 먼저 얘기해 보는 건 어때? 이건 이제… 단순한 시장 문제가 아니라, 정권의 명분하고도 연결된 사안이잖아."

도진은 천천히 고개를 저었다.

"아직 아니에요."

"왜?"

"지금 대통령 선거 끝난 지 한 달도 안 됐어요. 그런데 공정금융, 시장개혁 외치던 정권 초반에 이런 이슈를 정무라인에 바로 전달하면… '표적 수사다', '정치적 음모다' 이런 프레임부터 씌워질 거예요. 오히려 우리가 먼저 의심받을 수 있어요."

승민이 잠시 고개를 떨궜다.

"그럼, 기자회견이라도 할까? 강민수가 직접—"

"그건 불가능하죠. 그러려면 필리핀 감옥에서 꺼내올 방법부터 찾아야 하잖아요. 그리고 파인넥스트랑 맺은 합의서도 무효로 만들어야 할 거예요."

도진이 조용히 책상에 손을 올렸다.

"정민이는 마지막 카드로 남겨두죠. 지금은…."

그는 숨을 깊이 들이쉬고 천천히 말을 이었다.

"우선, 이 자료를 정식 경로가 아닌 익명으로 넘겨야 해요. 직접 움직이진 말고, 검찰 내부에 신뢰할 수 있는 제보 창구를 통해 조사 동력을 유도하는 쪽이 낫겠어요."

승민은 눈을 들어 도진을 바라봤다.

"검찰 쪽에 사람 있어?"

"직접 아는 라인은 아니지만, 검찰 출신 변호사가 있어요. 예전 미공개 공시 유출사건 때 같이 자료를 공유한 적 있었어요."

"그쪽을 통해 제보하면 수사가 공식화되기 전까지 우리 신원은 안 드러나겠네."

"지금은 불법적 거래 구조가 존재한다는 사실만 던져주고, 그들이 반응하게 만드는 것이 좋겠어요. 우린 단지 거기에 정치적 해석이 붙지 않도록 선을 조절해야 하고."

승민이 천천히 고개를 끄덕였다.

"정보는 던지되, 목소리는 감추자 이거군."

"맞아요. 그리고 이게 터질 경우를 대비해서, 강민수의 신변 보호도 준비해놔야 해요. 그 사람 없으면 연결고리는 끊기니까."

"그건… 정민이 힘이 필요할 거야."

도진은 고개를 끄덕이며, 낮은 목소리로 중얼거렸다.

"이건 인과응보야. 다만… 타이밍을 놓쳐서는 안 돼."

며칠 후, 서울중앙지검 금융조사1부.

"정식 수사 전환은 아직입니다. 하지만 검찰 내부에선 이걸 '조직적 자본시장 교란' 가능성으로 보고 있습니다."

익명을 요청한 금융범죄 수사팀 관계자는 조심스럽게 말했다.

"공익제보 형태로 접수된 자료에 따르면 CFD 계좌를 이용해 특정 종목을 반복적으로 매집하고, 급등 직후 분할 매도하는 패턴이 다수 포착됐습니다. 관련 계좌가 '윈브릿지인베스트먼트'와 연계된 정황도 있어 내부적으로 특별조사 명령이 떨어졌습니다."

용산 정무수석실, 유정민은 아침 회의 전에 전달된 검찰 사전조사 착수 보고서의 비공개 메모를 확인하고 있었다. 보고서 말미에 이렇게 적혀 있었다.

특정 민간 운용사 및 신탁형태의 복수 계좌와 연계된 불법 거래 포착, 전직 금융위 및 정부 인사들의 간접 연결 가능성 주목

그리고 문서 한구석에 작게 찍힌 이름.

장민혁, 이태훈

정민은 눈을 감았다 떴다.

'결국 움직였군…. 이젠 되돌릴 수 없겠지.'

같은 시각, 장민혁 또한 자신의 사무실 책상 위에 놓인 비공식 보고서를 읽고 있었다.

M증권사 CFD 계좌 수사 착수, 원브릿지인베스트먼트 계열 자금 흐름 추적 중

그의 손끝이 미세하게 떨렸다. 전화기가 울렸다. 모르는 번호. 그는 잠시 망설이다 받았다.

"실장님, 검찰입니다. 직접 연락드려 죄송합니다만, 몇 가지 확인할 사안이 있어서 연락드렸습니다."

짧은 인사와 몇 가지 질문과 함께 전화는 끊겼다. 장민혁은 말없이 수화기를 내려놓고, 창밖을 바라봤다.

저녁. 마포 골목 커피숍. 도진과 승민, 박소은이 처음으로 한자리에 마주 앉았다. 박소은은 마스크를 벗으며 조용히 말했다.

"검찰 쪽에서 연락이 왔어요. 제보자 신분은 보장된다고 했어요."

"강민수는요?"

도진이 물었다.

"필리핀 정부와 석방 절차를 진행 중이라고 들었습니다. 변호사 통해서 공익신고자 지위 확보가 가능하다는 이야기도 들었고요."

승민이 가볍게 숨을 내쉬었다.

"이제 끝이 보이기 시작했네."

도진은 고개를 저으며, 담담하게 말했다.

"아니, 이제 시작이야. 그들이 만들어 놓은 '그들만의 질서'를 깨는 싸움이 시작된 거야."

용산, 대통령 집무실. 정민은 조용히 대통령에게 보고서를 전달했다.

'자본시장 불공정 거래 관련 특별조사 착수 보고'

대통령은 묵묵히 보고서를 읽고, 고개를 들었다.

"우리가 국민에게 약속했던 게 무엇이었나? 돈이 있든, 권력이 있든, 금융시장에서 모두가 같은 규칙 아래서 경쟁할 수 있도록 하겠다는 거였지. 그런데 지금 보고서에 적힌 내용은… 그 '같은 규칙'이 처음부터 적용되지도 않았다는 걸 보여주고 있잖아."

정민은 무겁게 고개를 끄덕였다.

"맞습니다. 기득권 자금과 민간 플랫폼이 제도 바깥에서 이익을 나눠 갖고 있었고, 일부 정책 라인과의 연결 가능성도 배제할 수 없습니다."

대통령은 서류를 덮으며 조용히 말했다.

"누구든 예외는 없어요. 정권 초반에 이걸 덮으면, 우린 그들보다 더한 위선을 쓰게 되는 겁니다. 정치적 고려 없이, 철저히 조사하십시오. 그들이 가진 돈이 아니라, 우리가 세우고자 한 원칙이 시장을 지배해야 합니다."

한남동 자택, 늦은 밤. 장민혁은 추적이 안 되는 전화기로 이태훈에게 연락했다. 전화기 건너편에서 이태훈의 목소리가 낮게 흘렀다.

"보고 받았어. 검찰에서 계좌만 들여다보는 게 아니라, 거래소 이상 거래 경고 기록까지 추적하겠다고 하더라고."

장민혁은 창밖을 보며 말을 아꼈다. 이태훈이 말을 이었다.

"원래는 M증권 강남센터 지점장이 좀 막아줘야 했는데… 일전에 우리가 메가플러스 자산유동화 상품 밀어붙였던 거 기억하지? 그때 지점 쪽에 부담을 떠넘긴 이후로 사이가 틀어졌어. 결국 내부 협조는 끝났다고 봐야지."

"…그럼, 박소은은?"

"내부고발자다. 비공개 CFD 계좌 일부를 찾아서 검찰에 넘긴 것 같아."

장민혁은 이를 악물었다.

"거의 확실해. 그리고… 필리핀으로 내보냈던 강민수도 이번 주에 들어온다더군. 꼼짝없이 당하게 생겼어."

잠시 정적. 장민혁은 소파에 털썩 몸을 기댄 채, 허탈하게 웃었다.

"…이제 우린 어쩌지?"

이태훈의 대답은 짧았다.

"이제 중요한 건… 누가 어디까지 알고 있는지, 그리고… 빠져나갈 구멍이 있는지, 그걸 찾는 거야."

장민혁은 그의 말을 들으면서도 머릿속이 하얬다. 아무런 그림도 떠오르지 않았다. 책상 위에 놓인 사직서 초안과 'W-Node 민간 기술 기반 파일럿 제안서'만 서로 다른 미래처럼 어지럽게 겹쳐 보일 뿐이었다.

서울중앙지검, 청사 11층. 장민혁은 조용히 조사실에 들어섰다. 담당 검사는 간단한 목례 후 자료를 꺼내 책상 위에 펼쳤다.

"이 계좌, 장 실장님과 직접 관련 없다고 주장하셨죠?"

검사가 내민 엑셀 시트에는 스페이스코리아, 성지개발, DI철강 등의 종목이 빼곡했다. 장민혁은 표정 하나 변하지 않았다.

"민간 투자 판단에 정책 담당자가 무슨 영향을 줄 수 있겠습니까."

검사는 예상한 듯 질문을 이어갔다.

"그래서 이 종목들이 특정 시점마다 정책 이슈와 딱 맞아떨어졌다는 건, 그냥 우연이라는 건가요?"

"정책과 시장은 원래 상호작용하는 법이죠."

"좋습니다. 그럼, 이 발언 영상은 어떻게 설명하시겠습니까?"

화면에는 장민혁이 3개월 전 이창명 캠프에 들어가기 직전, 투자 컨퍼런스에서 발언한 장면이 담겨 있었다.

"우리가 지금 가장 주목해야 하는 것은, 미래 산업의 리더들이 어떤 구조로 시장에 진입하느냐는 겁니다. 훌륭한 투자자라면, 기술 스타트업이든, 인프라 개발이든, 초기 정책 수혜 가능성이 있는 구조를 먼저 포착할 수 있어야 합니다. 또, 나아가서는 정부가 그런 구조를 공식화하기 전에, 이를 예측해서 움직일 수 있어야 합니다."

검사는 말을 이었다.

"실장님이 말한 '예측해서 움직인다'는 게, 스페이스코리아를 민간 우주정책 관련 선도주로 띄우고, 성지개발을 지역 기반 인프라 수혜 테마로 엮은 뒤, 정책 흐름을 사후에 덧씌운 것이라는 증거가 있습니다. 실제로 이 시기, 이태훈의 파인넥스트 파트너스와 관계된 윈브릿지인베스트먼트 계열 펀드 자금이 해당 종목들에 선행 투자됐고, 일정 수익률 도달 시점에선 항상 분할 매도가 시작됐습니다. 투자 컨퍼런스 자료는, 장 실장님이 이창명 캠프에 들어가기 전에 사전 조사한 내용으로 대통령실을 통해서 확보한 것입니다. 오늘 실장님 조사가 끝나면, M증권 강남센터 지점장과 파인넥스트 파트너스 이태훈 대표도 차례로 소환이 예정되어 있습니다."

검사의 목소리가 낮아졌다.

"사실대로 털어놓으시고, 선처를 구하시지요."

장민혁은 잠시 시선을 피했다가 다시 고개를 들었다. 그의 눈빛은 흔들리고 있었지만, 아직 꺾이지는 않았다.

대통령실, 정무비서관실 한편에서 브리핑 자료를 넘기던 정민은 한 팀원의 부름에 고개를 들었다.

"비서관님, 지금 검찰 쪽에서 '그 건'과 관련해서, 해외 인사 송환 작업을 마쳤다고 합니다."

정민은 눈을 가늘게 떴다.

"강민수?"

"네. 마닐라 교도소에 있었던 걸 확인해, 외교부 경로로 송환할 수 있었습니다. 수사팀은 '불법 구금 정황'이 뚜렷하다고 보고 있답니다. 배후에 민간 개입 정황도 언급됐고요."

정민은 묵묵히 보고서 표지를 덮었다.

"이제 조용히, 하나씩 밝혀지겠군."

"그리고 장민혁 실장이 사직서를 제출했습니다. 이번 검찰 수사가 행정부에 부담을 줄 수 있다는 점을 감안해, 책임을 지고 물러나겠다는 입장이었다고 합니다."

정민은 눈을 감았다가 천천히 떴다.

"사직 수리는 아직이죠?"

"네, 인사혁신처에서 대통령 재가를 기다리는 중입니다."

장민혁이 사직서를 낸 건 정무적 계산이 깔린 행동이었다. 이태훈과 선을 그으면서, 캠프 출신이라는 정치적 부담을 최소화하려는 의도. 그러나 이미 대통령에게는 보고가 올라간 상태였다. 정책 실세였던 장민혁의 퇴장은 하나의 상징이 될 수 있었다.

"또, 민정수석실에서 비공식적으로 전해온 바로는, 검찰이 이태훈 대표에 대해 구속영장을 청구할 방침이라고 합니다. 조사를 하는 과정에서 해외 차명계좌가 발견되었고, 거래소 이상거래 시스템에 혼란을 주기 위해서 내부자를 포섭한 정황까지 나왔다고 합니다."

정민은 고개를 끄덕였다.

"이번 일은, 특정 인물의 범죄가 드러난 것이 아니라, 시장의 정의를 회복하는 과정에서 밝혀진 점이라는 것을 분명히 전달해야 합니다. …경제수석실과도 이 내용을 공유해 주세요. 이번 기회에 시장 시스템을 재편해야 합니다. 이것이 정의 회복의 출발입니다."

인천공항 특별입국 게이트 문이 열리고, 수척한 얼굴, 구겨진 셔츠, 허름한 백팩을 멘 사내가 조용히 출입문을 통과했다.

"강민수 씨 맞습니까?"

검찰 수사관 두 명이 다가왔다. 그는 고개를 끄덕였다.

"곧바로 조사실로 이동하겠습니다. 준비되셨죠?"

강민수는 짧게 숨을 들이쉬고, 입을 열었다.

"…네."

서울중앙지검, 조사실. 형광등 아래, 녹음기가 돌아가고 있었다. 강민수는 앞에 놓인 생수병을 만지작거리며 한 마디씩 꺼내기 시작했다.

"처음엔 지점장이 시키는 대로 종목들을 사고파는 보

조 업무였어요. 그런데 이태훈 대표가 한 번씩 센터에 들른 이후부터, 주는 종목들이 달라졌죠. 잘 알려진 종목도 아니었고, 거래량도 평소엔 거의 없던 것들인데… 팔 때가 되면 수십 퍼센트씩 올라 있었습니다."

검사는 메모를 멈추지 않은 채 고개를 들었다.

"시장보다 먼저 움직였다는 건 어떤 의미죠?"

"프런트 러닝입니다. 매집이 끝나고 시간이 지나면 모멘텀이 쏟아집니다. 대규모 수주 공시, 신사업 진출, 대통령 정책 발표, 심지어 증권가 지라시나 기자의 단독 특종까지."

"그 내용들도 사전에 전달받은 겁니까?"

강민수는 잠시 망설이다 고개를 끄덕였다.

"지시를 받은 내용과 이후 뉴스를 종합해보면 대부분 일치했어요. 또 거래 타이밍도 너무 정확했어요. 제가 이전에 지점장이 지시한 CFD 계좌를 관리할 때 매매내역을 정리해 둔 것이 있습니다."

검사는 잠시 멈췄다. 책상 너머로 노트북을 넘기며 묻는다.

"이 계좌들이 파인넥스트 파트너스 이태훈 대표와 직접 연관됐다는 증거가 있습니까?"

강민수는 조용히 고개를 들었다.

"네. 제가 관리한 CFD 계좌는 원브릿지인베스트먼트 계열사 법인 명의였어요. 10억 원 규모 되는 계좌를 5개 관리했는데, 레버리지까지 사용해서 운용 규모는 200억 원을 훌쩍 넘었습니다. 지점장이 초대한 텔레그램 채팅방을 통해서 주문 내역을 받았고요. 그대로 주문하고, 수익이 발생하면, 법인계좌로 차액만큼 이체하는 구조로 운용됐습니다."

"관련한 녹취나 문자 기록도 있나요?"

"지금은 없어요. 매매 내역은 대부분 텔레그램 자동 삭제 설정으로 되어 있었고, 통화는 지점장이랑만 했으니까요. 대신, 계좌에 접속했던 IP, 로그 기록, 그리고 수익 분배 내역 일부는 제가 따로 정리해서 USB에 담아뒀습니다. 필리핀에 나가기 전, 후배한테 맡겼습니다. 혹시 무슨 일이 생기면 언론에 넘기라고…."

검사는 눈썹을 살짝 치켜올렸다.

"그게 이 계좌의 실소유를 입증할 결정적 증거가 될 수 있겠네요."

"파인넥스트 파트너스가 저를 필리핀에 보낸 이유가 이것 때문일 거예요."

강민수의 목소리가 흔들렸다.

"마닐라에서 체포됐을 땐… 진짜 끝난 줄 알았어요. 이유도 모른 채 마약 소지 혐의로 잡혀서, 변호사도 없이 교도소에 갇혔거든요. 그게 이태훈 대표 쪽에서 만든 시나리오란 걸 나중에야 알았습니다. 한국 정부에서 절 빼내 주시지 않았으면, 저는 지금 여기 없었을 겁니다."

조사실의 공기가 조용히 무거워졌다.

21장

K증시 리빌딩

　서울중앙지방법원, 형사합의부 24부. 무거운 공기가 법정 안을 지배하고 있었다.

　장민혁은 굳은 얼굴로 피고인석에 앉아 있었다. 검은 정장 위로 흰 셔츠의 깃이 다소 흐트러졌지만, 그의 시선은 정면을 향해 흔들림이 없었다. 방청석에는 기자들과 몇몇 관계자들이 자리를 지키고 있었고, 플래시가 번쩍일 때마다 피고인의 얼굴에 미세한 떨림이 스쳤다.

　재판장이 천천히 판결문을 펼쳤다.

　"주문. 피고인 장민혁을 징역 3년에 집행유예 4년으로 한다. 이유를 말씀드리겠습니다. 피고인은 금융위원회 재직 당시 취득한 정책 정보와 향후 정책 방향을 사적으로 활용하여, 민간 자산운용사 관계자와 결탁해 시세를 조

종했습니다. 이러한 행위는 자본시장 질서를 심각하게 훼손하고, 다수의 일반 투자자들에게 손실을 초래한 중대한 범죄입니다.

다만, 피고인이 행정부 내에서 자진 사퇴하고, 일부 범죄 사실을 인정하며 수사에 협조한 점, 그리고 부당이득을 취하지 않았다는 점을 고려했습니다. 이에 재판부는 피고인의 반성 의사를 참작해 위와 같은 형을 선고합니다."

판결문 낭독이 끝나자, 재판장은 짧게 말을 덧붙였다.

"피고인은 이번 판결에 불복할 경우, 선고일로부터 7일 이내에 항소할 수 있습니다."

장민혁은 아무 말 없이 고개를 숙였다. 작은 한숨이 들릴 듯 말 듯, 조용히 울려 퍼졌다.

곧이어, 두 번째 피고인 이태훈에 대한 선고가 이어졌다. 재판장이 고개를 들고 천천히 판결문을 펼쳤다.

"주문. 피고인 이태훈을 징역 5년 및 벌금 50억 원에 처한다. 아울러 피고인으로부터 추징금 200억 원을 추징한다. 피고인은 벌금을 납입하지 않을 경우, 1일을 50만 원으로 환산하여 그에 상응하는 기간 동안 노역장에 유치한다. 또한 자본시장법 제178조의 2에 따라 향후 10년간 금융투자업에 종사할 수 없다."

법정 안이 조용해졌다. 재판장은 판결문을 다시 한 장

넘기며 이유를 낭독했다.

"피고 이태훈은 전 한국거래소 상장심사부 부장으로 재직하던 중, 상장예정기업의 내부 정보와 심사결과를 미리 입수하여, 민간 자산운용사로 이직한 이후 이 정보를 반복적으로 활용했습니다. 해당 행위는 단순한 도덕적 일탈을 넘어서, 공정한 시장질서를 명백히 훼손한 중대한 범죄입니다. 또한 CFD 계좌와 위장계좌를 이용해 실소유를 은폐하고, 사전 매수·사후 매도 방식으로 조직적·계획적 프런트러닝을 수행했습니다.

그 결과 확인된 부당 이득액만 200억 원에 이르며, 다수의 개인투자자에게 손실을 입히고 자본시장의 공정성과 신뢰를 심각하게 훼손하였습니다. 특히, 전직 공직자로서 내부 정보와 인맥을 이용해 사익을 추구한 점, 그리고 정책 담당자와의 유착 정황이 확인된 점은 사회적 비난 가능성이 극히 높습니다. 다만, 피고가 일부 범행 사실을 인정하고, 수사에 일정 부분 협조한 점을 참작하였습니다.

위와 같은 사정을 종합해 재판부는 피고에게 위 형을 선고합니다."

판결문을 덮은 재판장이 짧게 말을 이었다.

"피고인은 본 판결에 불복할 경우, 선고일로부터 7일 이내에 항소할 수 있습니다."

순간, 방청석이 술렁였다. 이태훈은 얼굴을 굳힌 채 눈을 질끈 감았다. 구속 집행관이 다가와 그의 양손에 수갑을 채웠다. 차가운 금속음이 법정 안에 맴돌았다.

방청석 뒤편, 이승민 기자는 조용히 노트북을 켰다. 화면 위 커서가 깜빡이는 사이, 첫 문장이 찍혀나갔다.

정부 고위 관계자 연루… '정책-주식 시장 유착' 첫 사법 판결

그의 기사 제목이었다.

이승민은 고개를 들었다. 구속되어 법정을 나서는 이태훈과, 멀찍이 선 채 표정을 읽을 수 없는 장민혁의 뒷모습이 시야에 들어왔다.

"이건 끝이 아니라 서막일 뿐이지."

그는 그렇게 조용히 중얼거리며 노트북을 덮었다. 기사는 아직 완성되지 않았지만, 오늘의 장면은 이미 다음 시대를 예고하고 있었다.

'이제 진짜 변화는 시장 바깥이 아니라, 시장 안에서 시작될 것이다.'

다음 날 아침, 각 경제지의 1면에는 어제 재판과 관련한 기사가 실렸다.

정부 고위 관계자 연루… '정책-주식 시장 유착' 첫 사법 판결

서울중앙지법 형사합의24부(재판장 김도윤)는 8일, 전 한국거래소 상장심사부 부장 출신 이태훈(53)에게 징역 5년 및 벌금 50억 원, 추징금 200억 원을 선고했다.

법원은 판결문에서 "공직자가 내부 정보를 사적으로 이용한 행위는 자본시장 신뢰의 근간을 무너뜨리는 중대한 범죄"라며 "정책 담당자와 민간 운용사의 유착 고리를 끊어내야 한다"고 밝혔다.

이승민 기자의 이름이 박힌 그 기사는, 그날 오후 정치권과 시장 전체를 뒤흔들었다. 그는 편집국의 모니터에 뜬 속보 알림창을 멍하니 바라보다가, 서서히 손을 내려 책상 위 취재노트를 펼쳤다. 그 속엔 지난 2년 동안의 취재 흔적이 빽빽했다. 새벽 두 시에 적힌 통화 기록, 익명 제보자들이 건넨 메모, 그리고 '이건 오픈되면 안 된다'던 경고 문구들이 겹쳐 있었다.

이승민은 조용히 미소를 지었다. '공정'이라는 단어를 한 줄 기사 제목이 아닌 현실의 문장으로 바꾼 순간이었

다. 그러나 그는 동시에 알고 있었다. 오늘의 판결로 세상이 바뀌지 않는다는 것을. 시장은 곧 다시 움직일 것이고, 권력은 또 다른 얼굴로 우리를 맞이할 것이다.

도진 또한 이승민의 기사를 읽고 잠시 눈을 감았다. 그는 마치 오래된 장기전이 끝난 뒤 폐허 속에서 바람을 맞는 기분이었다.

"이제 끝났구나."

그의 입에서 낮은 한마디가 흘러나왔다. 그러나 그 말에는 해방의 기운보다는, 오히려 묵직한 다짐이 섞여 있었다. 조작된 리포트, 내부 정보 거래, 사업보다 정권의 눈치를 보던 기업들, 그리고 그 구조의 중심에 있던 세력들.

그는 한동안 눈을 감은 채 속으로 중얼거렸다.

'나는 고작 그 한 고리를 세상에 드러낸 것 뿐이다.'

익명으로 보낸 공익제보, 그 기록 어디에도 그의 이름을 남기지 않았다. 그것이 더 옳다고 생각했다. 정의란 이름으로 자신을 드러내는 사람들은 많았지만, 진짜 시장을 바꾸는 힘은 늘 익명의 손끝에서 나왔기 때문이다.

'부패는 관리되기 시작했다. 이제 시장의 체계를 새로 짜고, 성장의 엔진을 돌릴 때다.'

그는 모니터 앞에 앉아 천천히 키보드를 눌렀다.

코스피 5,000 시대 개막과 대한민국의 새로운 위상

문장 하나가 화면 위에 떠올랐다. 도진은 한참 동안 그 제목을 바라보다가, 입가에 잔잔한 미소를 지었다.

코스피 5,000 시대 개막과 대한민국의 새로운 위상
— RM리서치 최도진

I. 서론 — 패권의 균열, 기회의 서막

세계는 지금, 눈에 보이지 않는 전쟁 속에 있다. 총과 포가 아닌 기술과 자본의 전쟁, 그리고 공급망과 통화의 전쟁이다.

미국은 20세기 패권을 통해 만들어온 질서가 흔들리고 있음을 안다. 그들은 이제 '자유무역'이라는 이상보다 국가 이익과 기술 안보를 우선시한다. 미국 경제의 심장부에서는 이미 새로운 전략이 시작됐다. 중국을 압박하고, 생산의 축을 다시 동맹국으로 돌려 세우는 '경제 안보 블록화 전략'이다.

한편 중국은 멈추지 않는다. 그들은 '세계의 공장'에서 '세계의 기술 플랫폼'으로 진화하고 있다. 반도체, 전기차, 태양광, 통신장비, AI까지—. 중국의 산업은 미국이 통제

하지 못하는 속도로 확장하고 있다.

이제 미국은 단순한 무역 적자를 넘어, '체제 경쟁'의 위협을 눈앞에서 마주하고 있다.

바로 이 거대한 균열의 선 위에 대한민국이 서 있다. 한국은 더 이상 주변부 국가가 아니다. 지정학적으로는 미·중·일·러 네 축이 만나는 동북아의 요충지이자, 경제적으로는 반도체, 배터리, 로봇, AI 기술을 보유한 글로벌 제조 강국이다. 한국의 수출 구조는 이미 세계 공급망의 핵심을 이루고 있으며, 그 중심에는 첨단 제조와 기술력이 있다.

이제 한반도는 더 이상 강대국의 완충지대가 아니라, 강대국의 방향을 결정짓는 '축의 국가(Pivotal State)'로 떠오르고 있다.

미국의 시선으로 보면, 한국은 인도·베트남과 달리 정치적으로 안정되고, 기술적으로 자립한 신뢰 가능한 파트너다. 중국의 입장에서 보면, 한국은 여전히 교역과 투자, 그리고 기술 협력의 통로로 작동한다. 그 어느 쪽에서도 완전히 대체할 수 없는 존재. 그게 바로 지금의 대한민국이다.

한편, 일본과의 차이는 명확하다. 일본은 여전히 '완성된 시스템'의 국가다. 그들의 산업은 효율적이지만, 혁신의 속도는 느리다. 미국은 일본을 안정된 공급망의 앵커(anchor)로 두지만, 새로운 산업의 실험 무대로는 한국을 선택하고 있다.

한국은 젊고, 기술 변화에 즉각적으로 반응한다. 기업은 국가와 함께 움직이며, 정부는 민간의 속도를 따라잡으려 애쓴다. 위기 때마다 체질을 바꾸고, 새로운 산업 패러다임이 등장할 때마다 재편을 두려워하지 않았다. 이 유연성이야말로 일본에는 없는 한국의 경쟁력이다.

패권이 충돌하는 자리에서 대부분의 국가는 '갈라지는 틈'에 끼어 쓰러진다. 그러나 한국은 다르다. 우리는 그 틈을 기회로 바꾸는 법을 배워온 민족이다. 6·25전쟁의 잿더미 위에서 산업화를 이뤘고, 외환위기의 파도 속에서도 기술과 혁신으로 일어섰다. 그 경험이 지금, 다시 역사적 순간을 불러오고 있다.

세계가 블록으로 쪼개질수록, 동맹과 신뢰가 새로운 경쟁력이 되는 시대에, 한국은 미·중 사이의 완충지대가 아니라, '균형의 축'이자 '제조의 허브'로 진입하고 있다.

이 균열의 시대는 위기가 아니다. 기회의 서막이다.

한때 세계의 변두리로 불렸던 이 땅이, 이제는 세계 질서의 중심에서 새 시대의 서막을 쓰고 있다. 그리고 그 새로운 시대의 이름이 바로— 코스피 5,000이다.

Ⅱ. 미중 갈등의 본질 ― 기술과 생산의 전쟁

세계는 지금 단순한 무역전쟁이 아니라, 기술과 생산의 패권을 둘러싼 총체적 전쟁 속에 있다. 미국과 중국의 갈등은 관세율의 문제가 아니라, '누가 21세기 산업 생태계를 설계하느냐'의 문제로 옮겨갔다.

미국은 지난 30년간 자유무역의 이름으로 자국의 제조 기반을 스스로 해외로 내보냈다. 그 대가로 금융과 정보, 서비스 산업은 성장했지만, 공장은 비어가고, 기술의 토대는 외부에 의존하게 되었다. 그 사이 중국은 '세계의 공장'을 넘어 이제는 '세계의 기술 플랫폼'으로 올라섰다.

2020년대에 접어들면서 미국은 현실을 직시했다. 세계 공급망의 핵심 부품 ― 반도체, 배터리, 희토류, 첨단소재 ― 그 대부분이 중국 혹은 중국의 영향권에 있었다. 그리고 그때부터 '경제안보(Economic Security)'라는 단어가 미국 산업 전략의 핵심으로 부상했다.

트럼프 2기 정부는 이러한 현실을 인정하면서도 이제는 더 이상 '동맹에 기대는 협력체계'가 아니라 '미국 주도의 생산체계 회복'을 공식 목표로 내세웠다.

그 기조는 세 가지 방향으로 구체화되고 있다.

1. 미국 내 산업 복귀와 보조금 확대

트럼프 정부는 "Made in America"를 단순한 구호가 아닌 정책 의무로 만들고 있다. IRA(인플레이션 감축법)와 CHIPS법은 전임 바이든 정부가 남긴 유산이지만, 트럼프 행정부는 이를 더욱 강경하게 재해석했다. 보조금 지급 조건을 강화하고, '미국 내 생산·조립·고용 비율'을 보조금 지급의 핵심 잣대로 삼았다. 그 결과, 글로벌 제조업체들은 더 이상 단순히 미국 시장 진입을 위해 생산라인을 세우는 것이 아니라, '미국 국적의 공급망'으로 편입되기 위한 경쟁을 벌이고 있다. 조지아·오하이오·텍사스·애리조나에 세워지는 한국과 일본 기업의 배터리·반도체 공장들이 바로 그 흐름 위에 있다.

2. 관세·무역장벽의 재무장

트럼프 2기 행정부는 관세를 다시 전략무기로 꺼내들었다. 대중(對中) 수입품뿐 아니라, 중국산 부품이 포함된 제3국 제품에도 교차관세(Cross Tariff)를 부과하기 시작했다. "중국산 부품이 섞여 있다면, 그것은 결국 중국산"이라는 논리였다. 이 조치는 단순한 보호무역이 아니라, '공급망 순혈주의'로 불릴 만큼 철저한 분리 전략이었다. 미국은 이제 효율보다 '안보'를, 저비용보다 '통제력'을 선택했다.

3. 동맹국 중심의 생산 연합, 그리고 한국

트럼프 정부는 'America First'라는 원칙 아래에서도 한국을 비롯한 소수의 기술 동맹국은 예외로 두고 있다. 그 이유는 명확하다.

한국은 미국이 필요로 하는 기술과 생산 역량을 동시에 갖춘 국가이기 때문이다. 미국은 일본을 안정된 생산 시스템의 관리자로, 한국을 유연하고 확장 가능한 동맹 생산국으로 보고 있다. 일본이 정밀공정과 공구기술로 산업의 기반을 다진다면, 한국은 반도체·배터리·로봇으로 그 산업에 동력을 불어넣는 국가다. 이 조합이 바로 '친(親)미 제조연합'의 실체다.

한국의 반도체와 배터리 산업은 미국의 전략산업에 포함되어 있다. 삼성, SK, LG, 포스코 같은 기업들이 미국의 산업지도 위에 직접 새겨지고 있으며, 그들의 공장 하나하나가 한미 경제동맹의 실물 증거가 되고 있다.

결국 미중 갈등의 본질은 단순한 세율이나 무역 불균형이 아니라 '누가 생산의 네트워크를 장악하느냐'의 싸움이다.

그리고 트럼프 2기 정부는 그 네트워크를 미국과 그 믿을 수 있는 동맹국들로 다시 엮고 있다. 그 축 위에 서 있는 나라, 그 전략적 중심이 바로 대한민국이다. 한국이 이 구조 속에서 단순한 하청기지가 아니라 생산체계의 공동 설계자로 자리 잡는다면, 코스피 5,000 시대를 뒷받침하는 펀더멘털의 기반이 될 것이다.

III. 한국의 전략적 기회 — 제조의 심장으로

미국과 중국이 충돌하는 세계 질서 속에서 한국은 단순한 협력국이 아니라, 핵심 설계자이자 생산의 심장부로 진입할 기회를 얻고 있다.

이 기회는 우연이 아니다. 지난 30년 동안 한국은 세계 어느 나라보다 빠르게 산업의 고도화와 기술 축적을 이뤄냈다. 그 결과, 지금의 한국은 세계 제조 공급망의 '기술적 중심(Tech Core)'에 설 수 있었다.

1. 반도체 — 세계 산업의 신경망

반도체는 모든 산업의 신경망이다. 데이터가 흐르고, 전력이 제어되는 모든 시스템의 출발점이 반도체다. 이 작은 실리콘 조각 위에서 국가의 기술 주권이 갈린다.

한국은 메모리 반도체에서 이미 세계 1위 점유율을 확보했고, 비메모리·파운드리 분야에서도 확실한 추격자로 자리 잡았다. 삼성전자와 SK하이닉스의 기술력은 단순한 민간 경쟁력을 넘어 미국과 서방이 신뢰할 수 있는 유일한 동맹형 기술자산이 되었다.

트럼프 2기 정부는 공급망을 다시 그리며 중국을 배제한 동맹형 생산 네트워크를 만들고 있다. 이 구도 속에서 한국 반도체 기업들은 TSMC·인텔과 함께 글로벌 3대 공급축을 담당하게 된다. 즉, 한국의 반도체 산업은 더 이상 하드웨어 제조업이 아니라 세계 경제의 인프라 산업으로 격상되었다. 이것이 한국 경제의 첫 번째 성장 엔진이다.

2. 배터리 — 에너지 패권의 전장

21세기 산업 전쟁의 핵심은 에너지다. 그리고 에너지의 미래는 '석유가 아니라 리튬'이다.

한국은 배터리 분야에서 LG에너지솔루션, 삼성SDI, SK온 등 글로벌 시장의 3대 공급자로 이미 자리 잡았다. 이 세 기업은 각기 다른 기술 로드맵으로 니켈·코발트·망간·리튬의 조합을 혁신하며 배터리의 가격·안정성·수명 경쟁에서 중국 기업들을 추격하고 있다.

트럼프 정부 2기의 보조금 강화 정책은 미국 내 생산 비율을 높여야 하는 부담으로 보이지만, 실상은 한국 기업에 절대적 기회다. 미국이 요구하는 품질·안전·수명 기준을 충족시킬 수 있는 기업은 한국 기업뿐이기 때문이다.

이제 배터리는 단순한 부품이 아니라 국가 에너지 안보의 핵심 인프라다. 한국의 배터리 산업은 미국 시장의 '보조 공급원'이 아니라 정책 설계의 파트너로 올라섰다.

　3. 로봇과 AI — 새로운 제조의 손과 두뇌

　산업 자동화가 확산되면서 로봇과 AI는 이제 보조 기술
이 아니라 제조 패러다임 자체를 바꾸는 핵심 동력이 됐다.

　한국은 제조 자동화, 스마트 팩토리, 정밀 로봇 분야에
서 세계 상위권 기술력을 확보하고 있다. 로보티즈, 레인
보우로보틱스, 두산로보틱스 같은 기업들이 이미 인간 협
업형 로봇(Collaborative Robot) 시장을 주도하고 있으며, 이
기술들은 단순한 기계 조립을 넘어 AI 기반 자율제조(AI-
driven Manufacturing)로 진화하고 있다. AI 또한 더 이상 서
비스 산업의 전유물이 아니다. AI는 생산 라인의 효율, 공
정의 수율, 자재 수급의 타이밍까지 계산하며 '생산 자체
를 학습하는 시스템'을 만든다.

　이 영역에서 한국의 ICT 인프라, 반도체, 데이터 처리
능력은 미국과 중국의 기술 격돌 속에서도 상당한 역량을
나타내고 있다.

　한국의 산업은 지금 추격의 단계에서 설계의 단계로 넘
어가고 있다.

　반도체는 정보의 구조를 설계하고, 배터리는 에너지의

흐름을 통제하며, 로봇과 AI는 생산의 방식을 다시 정의하고 있다. 이 세 축이 맞물려 돌아가는 순간, 한국은 더 이상 글로벌 공급망의 일부가 아니라 공급망을 설계하고 주도하는 국가로 자리매김하게 된다.

이는 단순한 산업적 진화가 아니다. 한국 경제가 '가격 경쟁력'에서 '체계 경쟁력'으로 이동하고 있음을 뜻한다. 기술과 데이터, 생산과 금융이 하나의 구조 안에서 맞물릴 때, 그때 비로소 한국 시장은 스스로 성장의 방향을 결정할 수 있다.

코스피 5,000은 그 변화의 결과가 아니라 출발점이다. 산업이 체계를 갖추고, 자본이 그 구조를 신뢰할 때, 지수는 따라오게 되어 있다. 즉, 코스피 5,000은 숫자가 아니라 대한민국이 산업과 시장의 균형점을 되찾았다는 증거가 될 것이다.

Ⅳ. 코스피 5,000 시대 — 시장이 국가를 이끄는 시대로
한국의 시장은 그동안 늘 '정책의 그림자' 속에 존재해 왔다. 정권의 변화가 산업의 우선순위를 정했고, 정책이 자본의 흐름을 결정했다. 그러나 이제 그 질서가 바뀌고 있다. 국가가 산업을 이끄는 하향식(Top-Down) 구조가 시장이 정책을 선도하는 상향식(Bottom-up) 구조로 전환되고 있

다. 기업의 혁신이 정책을 자극하고, 시장 데이터가 정부의 방향을 교정하는 시대다.

1. 한국 시장의 구조적 재평가

코스피 5,000은 거품이 아니라, 평가의 정상화다. 지난 20년간 한국의 시가총액은 약 700조 원에서 2,900조 원으로 4배 이상 확대되었고, 지수 또한 1,000포인트에서 3,500포인트로 3.5배 상승했다.

과거에는 시가총액이 빠르게 늘어도 지수가 이를 따라가지 못하며, '저평가된 시장'이라는 인식이 고착되어 있었다. 그러나 최근 물적분할 제한, 상장 구조의 투명화, 고평가 IPO 억제 등 시장 제도의 정비가 이어지면서 시가총액과 지수 간의 괴리가 점차 해소되고 있다.

상장 기업들의 펀더멘털 체력도 강화되고 있다. 반도체, 조선, 방산 등 전통 제조업은 기술 경쟁력과 수주 안정성을 동시에 확보했고, 특히 반도체는 AI 수요와 글로벌 공급망 재편의 중심에 서 있다.

조선은 LNG 운반선, 초대형 컨테이너선 등 고부가가치 선종으로 수익 구조를 재편했고, 방산 산업은 유럽·중동 수출 확대와 함께 국가 전략 산업으로 자리 잡았다. 동시에 K-콘텐츠와 K-소비 산업의 외연도 빠르게 확장 중이다. K-팝과 드라마, 뷰티 브랜드의 세계적 확산은 음식료, 화장품, 엔터테인먼트 산업 전반의 체질을 바꿔놓았다. 이들 산업은 더 이상 내수형 소비주가 아니라, 글로벌 문화 수출 산업으로 성장 중이다. 즉, 지금의 코스피 상승은 단순한 평가 회복이 아니라 제도적 신뢰와 산업 경쟁력이 맞물린 구조적 성장의 결과다.

시장은 마침내 '정책이 만드는 기대'에서 '기업이 증명하는 실적'으로 중심축을 옮기고 있다.

2. 자본의 귀환 — 한국 시장으로 돌아오는 돈

트럼프 2기 체제에서 글로벌 자본의 흐름은 '불확실한 성장'에서 '검증된 생산력'으로 이동하고 있다. 저금리와 유동성에 기대던 시대는 끝났고, 이제 자본은 기술과 생산 능력을 중심으로 재배치되고 있다.

그 기준에서 한국은 명확한 해답이다. 정치적으로 안정적이며, 기술적으로 자립했고, 국제적으로 공급망 신뢰도가 높다. 즉, 리스크는 선진국 수준인데, 성장률은 신흥국 수준인 시장이다. 이 때문에 미국의 연기금, 중동의 국부펀드, 유럽의 자산운용사들이 다시 한국을 핵심 포트폴리오(Strategic Core Holding)로 편입하기 시작했다.

특히 반도체, 2차전지, AI 인프라 등의 섹터는 첨단 제조의 깊이와 디지털 기술의 확장성이 결합된 전례 없는 복합 산업군으로 평가받고 있다.

2020년대 들어 외국인 자금의 흐름은 '수출 실적'이 아니라 '기술 모멘텀'을 따라 움직이고 있다. TSMC·ASML이 이끄는 글로벌 반도체 밸류체인 안에서 삼성전자·SK하이닉스가 공급망 중추로 자리 잡았고, 2차전지 분야에서는 한국 3사(LG·삼성·SK)가 IRA 보조금 체계 속에서 미국 내 최대 수혜 기업군으로 부상했다.

과거 한국은 수출을 통해 외화를 벌어들이는 '무역국가'였다면, 이제는 기술과 신뢰를 통해 자본을 끌어들이는 '투자국가'로 변하고 있다. 이것은 단순한 외국인 자금 유입이 아니다.

글로벌 포트폴리오의 중심 좌표가 이동하고 있다는 신호다.

미국 시장이 고평가되고, 중국 시장이 불투명해지는 시점에서, 한국은 '안정된 성장률+기술적 자립+제도적 신뢰'라는 세 가지 조건을 모두 충족하는 드문 시장으로 자리매김하고 있다. 결국, 한국으로 돌아오는 자본은 '순환(capital cycle)'이 아니라 '재배치(reallocation)'다. 이는 신흥국에서 선진국으로의 승격, 그리고 시장 주변부에서 구조 중심으로의 이동을 뜻한다. 즉, 지금 한국 시장에 들어오는 돈은 단기 트레이딩 자금이 아니라, 세계 자본 질서가 새로운 중심을 찾고 있음을 보여주는 증거다.

3. 새로운 금융의 역할 — 산업과 시장의 동맹

코스피 5,000 시대의 금융은 단순히 돈을 유통하는 역할을 넘어서, 산업의 미래를 함께 설계하는 파트너로 바뀌어야 한다. 과거에는 정책이 방향을 정하면, 금융은 그 뒤를 따라갔다.

하지만 지금은 반대로 움직인다. 자본이 먼저 움직이고, 산업이 그 흐름을 따라간다.

증권사는 이제 단순한 중개기관이 아니다. 기업이 어떤 시장에서 성장할 수 있을지를 분석하고, 필요한 자금을 언제, 어떤 방식으로 공급할지를 설계해야 한다. 메자닌, 신규 상장, M&A 같은 일들이 더 이상 단발성 거래가 아니라, 주된 성장 전략이 된 것이다.

은행의 역할도 달라지고 있다. 예전엔 담보가 있어야 돈을 빌릴 수 있었다면, 이제는 기술과 아이디어가 담보가 된다. 산업이 빠르게 변하는 시대에는 '자산'보다 '가능성'을 평가하는 금융이 더 중요하다.

그리고 그 중심에는 AI와 데이터가 있다. AI는 공장과 물류, 서비스 시장에서 나오는 방대한 데이터를 읽고, 그 숫자들을 기업의 가치와 신용으로 바꾼다. 즉, 산업의 움직임이 실시간으로 금융시장에 전달되는 구조다.

이제 금융과 산업은 따로 움직이지 않는다. 한쪽이 변하면, 다른 쪽이 즉시 반응한다. 그 연결 속에서 한국의 시장은 점점 더 빠르게, 그리고 더 스마트하게 성장할 것이다.

4. 보이지 않는 손 ― 지수는 결과가 아니라 신호다

코스피 5,000은 종착지가 아니다. 그것은 숫자가 아니라 시스템이 작동하기 시작했다는 징후다.

20년 전, 한국의 주식시장은 정책과 기대에 의존한 시장이었다. 지수는 정부의 신호에 반응했고, 자본은 외부의 시선에 따라 움직였다. 그러나 지금의 시장은 다르다. 데이터가 방향을 정하고, 산업이 증거를 만들며, 자본이 이를 증명한다.

코스피 5,000은 단순한 주가 상승이 아니라, 경제 구조가 '정책 주도'에서 '성과 주도'로 전환했다는 표식이 될 것이다. 기업의 실적, 산업의 경쟁력, 자본의 효율성이 하나의 체계로 맞물리며 코스피 지수가 국가의 '경제 신경망'으로 기능하기 시작했다.

이제 시장은 정부의 구호가 아니라 투자자들의 판단, 기업의 실행력, 산업의 지속성으로 움직인다. 그 안에서 데이터는 새로운 헌법처럼 작동하고, 신뢰는 화폐보다 강한 가치로 자리 잡을 것이다. 그런 의미에서 코스피 5,000은 단순한 지수가 아니라 국가 시스템이 스스로 균형을 찾기 시작한 첫 신호로 해석해야 옳을 것이다.

도진은 보고서를 마무리하고 모니터를 껐다. 그는 한참 동안 아무 말도 하지 않았다. 방 안은 고요했고, 막 꺼진 컴퓨터 팬의 미세한 진동만이 그 긴 여정을 마감하듯 귓가를 스쳤다.

2년 전만 해도, 시장은 혼탁했다. 지수는 현실을 반영하지 못했고, 정부의 정책은 방향을 잃었었다. 그는 그 안에서 주가지수 산정의 왜곡, 물적분할과 쪼개기 상장, 고평가 IPO 등에 대한 문제점을 처음으로 시장에 제기했고, 권력과 결탁한 부패 세력의 실체를 밝히는 데 앞장섰다.

그 싸움은 길고 고독했다. 하지만 이제, 새로운 정권이 들어선 지 반년 만에 시장은 급속도로 제 모습을 되찾고 있다. 기업들은 주주에게 시선을 돌리고, 정책은 시장의 언어를 학습하기 시작했다. 도진은 창가로 다가가 한강의 야경을 바라보며 조용히 말했다.

"비로소 정상으로 돌아온 시장의 맥박이 오랜 기간 유지될 수 있기를⋯."

22장
코스피 5,000 시대를 이끌 유망주 3선

코스피 5,000 포인트는 단순한 주가지수의 상승이 아니다. 그것은 산업의 체질이 바뀌고, 경제의 언어가 새로워지는 변곡점이다.

한국 주식시장을 앞으로 이끌 주력 엔진은 이미 정해져 있다. 반도체, 방산, 조선이 그 중심이다. 메모리 초격차, 전쟁과 평화의 패러다임 전환, 글로벌 해운·조선의 부활은 한국 증시의 체급을 근본적으로 바꿔놓고 있다. 그러나 지수가 5,000포인트를 넘어가기 위해서는 그 위를 '받쳐줄 새로운 성장축'이 반드시 필요하다.

이미 성숙 단계에 접어든 주력 산업 뒤편에서, AI·로봇·에너지 전환의 파고를 타고 오르는 라이징 스타가 다음 랠리의 주역으로 부상하고 있다.

RM리서치는 그중에서도 한국 산업의 근본적인 체질 개선을 이끌 세 기업을 제시한다.

1. AI ERP 소프트웨어 혁신의 중심 '더존비즈온'
2. 로봇과 수직 모빌리티를 연결하는 '현대엘리베이터'
3. 전력망 지능화를 주도하는 '산일전기'

이 세 기업은 각기 다른 산업에 뿌리를 두고 있지만, 모두 AI와 자동화, 에너지 전환이라는 하나의 흐름 위에 서 있다. 이들이 성장하는 방향은 곧 코스피 5,000 시대 이후의 대한민국 경제 지형도를 보여주는 예고편이 될 것이다.

I. 더존비즈온 — 온체인 신용 시대의 시작점

"AI가 회계를 이해하고, 데이터가 신용이 되는 시대. 더존비즈온은 그 변화를 가장 먼저 비즈니스로 증명하고 있다."
— RM리서치 최도진, 2025. 6. 24.

대한민국의 대표 ERP 기업, 더존비즈온(012510)은 이제 회계 소프트웨어 회사를 넘어 AI와 디지털 금융의 핵심 인프라로 진화하고 있다. 동사의 행보는 '코스피 5,000

시대'라는 새로운 패러다임 속에서 '데이터 기반 신용경제 (Data Credit Economy)'의 출발점으로 평가받을 만하다.

1. ERP 기업에서 디지털 인프라 플랫폼으로

더존비즈온은 1977년 설립되어 1988년 코스피에 상장된, 한국 기업용 소프트웨어 산업의 개척자다. 회계, 세무, 인사, ERP(전사적 자원관리) 등 기업 운영의 핵심 기능을 국산 기술로 통합한 대표 브랜드 '더존 ERP'는 현재 20만 개 이상의 기업이 사용하는 대한민국 대표 B2B 솔루션으로 자리 잡았다.

2019년 동사는 클라우드 기반 통합 플랫폼 'WEHAGO(위하고)'를 출시하며 SaaS(Software as a Service) 시대에 본격 진입했다. 회계·인사·전자세금계산서·업무협업·결재 등 기업 경영 전 과정을 클라우드에서 관리할 수 있는 구조를 구축했고, 이를 기반으로 중소기업 디지털 전환 수요를 빠르게 흡수했다.

이제 동사는 단순한 ERP 기업이 아니라 'B2B 디지털 인프라 플랫폼'으로 진화하고 있다. 국내 중소기업의 회계·세무 데이터가 디지털화되어 있다는 점은 AI, 데이터, 금융이 융합되는 차세대 경제 구조로의 확장에 가장 효율적인 기반이 되고 있다.

더존비즈온의 업무용 생성형 AI 제품군

제품명	주요 기능	적용 분야 및 특징
ONE AI	더존 제품군에 내장된 범용 AI 솔루션, ERP, 그룹웨어, 문서요약, 검색 등에 사용. ChatGPT 등 외부 LLM 연동.	업무 전반의 AI 자동 AI 챗봇, UI/UX 강화
Gen AI DEWS	더존 ERP를 직접 개발하고 운영할 수 있는 개발자용 통합 플랫폼. Gen AI 접목	중견, 대기업 대상 문서 기반 회계업무 자동화
OmniEsol	SaaS형 ERP 플랫폼. AWS, Azure 등 클라우드 인프라 기반.	글로벌 확장 멀티테넌트 구조
Insight OFUS	AI 분석 기반 데이터 인사이트 제공 도구. 데이터 취합, 분석 및 예측 가능	실시간 데이터 기반 의사결정

2. 정부 정책의 정합성과 'ONE AI' 생태계

李 정부는 출범 직후 'AI 고속도로' 구축을 핵심 국정과제로 삼았다. 이는 전국 단위의 연산 인프라를 민간 기업과 연결하여 AI 활용의 저변을 넓히겠다는 의지다. 그 중심에는 AI를 실질적으로 사용하는 기업 생태계가 있다.

동사는 바로 그 구조적 수혜 기업이다. 이미 ERP 플랫폼 안에 방대한 중소기업 데이터가 축적되어 있고, 이 데이터를 학습 기반으로 하는 업무용 생성형 AI 플랫폼 'ONE AI'가 2024년부터 빠르게 확산되고 있다.

ONE AI는 ChatGPT 기술을 ERP, 회계, 세무, HR 업무에 접목해 자연어로 회계분개를 자동화하거나, 문서를 요약하고, 업무 데이터를 실시간으로 분석해주는 기능을 제공한다. 2024년 말 기준 2,300여 개 기업이 사용 중이었으나, 2025년 5월에는 이미 4,000개 기업을 돌파하며 클라우드 고객 대비 8% 수준의 빠른 침투율을 보였다.

　AI 사용이 곧 '생산성 향상'으로 이어지는 B2B 영역에서 ONE AI는 단순한 부가 기능이 아니라 중소기업 경영 효율의 핵심으로 자리 잡고 있다. 이로 인해 동사의 고객당 매출(ARPU) 또한 빠르게 상승하고 있다.

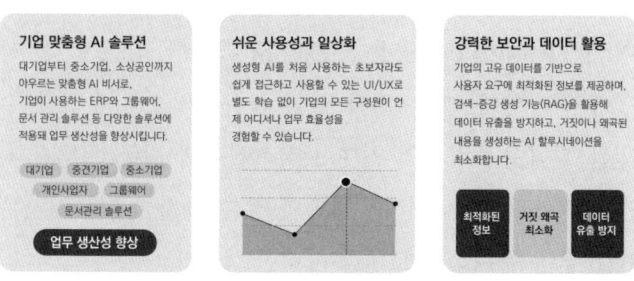

기업의 업무 생산성 향상을 위한 도구 ONE AI

기업 맞춤형 AI 솔루션
대기업부터 중소기업, 소상공인까지 아우르는 맞춤형 AI 비서로, 기업이 사용하는 ERP나 그룹웨어, 문서 관리 솔루션 등 다양한 솔루션에 적용돼 업무 생산성을 향상시킵니다.

대기업　중견기업　중소기업
개인사업자　그룹웨어
문서관리 솔루션
업무 생산성 향상

쉬운 사용성과 일상화
생성형 AI를 처음 사용하는 초보자라도 쉽게 접근하고 사용할 수 있는 UI/UX로 별도 학습 없이 기업의 모든 구성원이 언제 어디서나 업무 효율성을 경험할 수 있습니다.

강력한 보안과 데이터 활용
기업의 고유 데이터를 기반으로 사용자 요구에 최적화된 정보를 제공하며, 검색-증강 생성 기능(RAG)을 활용해 데이터 유출을 방지하고, 거짓이나 왜곡된 내용을 생성하는 AI 할루시네이션을 최소화합니다.

최적화된 정보　거짓 왜곡 최소화　데이터 유출 방지

3. 온체인 신용(On-Chain Credit)과 ERP뱅킹

　동사의 다음 무대는 '온체인 신용'이다. 기존의 디파이(DeFi) 금융이 담보 중심 구조였다면, 온체인 신용은 블록체인상의 거래 이력과 AI 신용평가를 결합한 무담보 신용 기반 금융을 의미한다.

이 시장에서 가장 중요한 것은 '데이터'다. 더존비즈온은 수십만 중소기업의 회계·급여·납세 데이터를 보유하고 있다. 이는 곧 신용평가의 원천 데이터이자, AI가 분석할 수 있는 가장 실질적인 경제 행위 데이터다.

동사는 이를 기반으로 신한은행과 서울보증보험이 공동 출자한 '테크핀레이팅스'를 통해 매출채권팩토링과 기업등급 제공 서비스를 운영 중이다. 이는 이미 '온체인 신용'의 현실적 첫걸음으로 평가된다.

또한 2025년 4월, 제주은행의 지분 14.99%를 인수하며, ERP 데이터와 금융 인프라를 결합한 'ERP뱅킹' 사업에 착수했다. 이는 인가 없이 금융서비스를 운영할 수 있는 비금융주력자의 최대 보유 한도 내 전략적 투자다. ERP 시스템 내에서 직접 결제와 정산, 대출이 이루어지는 B2B 금융 플랫폼의 토대를 마련한 셈이다.

향후 정부가 추진 중인 '스테이블코인 제도화' 정책과 결합할 경우, ERP 기반 스테이블 결제 및 AI 신용대출은 대한민국 디지털 금융의 새로운 패러다임이 될 가능성이 높다.

DeFi 금융과 온체인 신용(On-Chain Credit) 비교

구분	DeFi 금융	온체인 신용(On-Chain Credit)
핵심 개념	탈중앙화된 금융 서비스	온체인 데이터 활용한 신용평가 시스템
대출 방식	담보 중심(예:비트코인 담보)	신용 기반(무담보 대출 가능)
접근성	누구나 지갑만 있으면 참여 가능	활동 이력과 신용점수가 일정 수준 이상일 경우 참여 가능
기술 활용	DEX(탈중앙거래소), 스테이블코인	AI, 머신러닝 기반의 온체인 행동 데이터 분석
대표 사례	Aave, Compound, Uniswap	Cred Protocol, Spectral Finance 등

II. 현대엘리베이터 - 로봇과 수직 모빌리티의 결합

"엘리베이터는 더 이상 사람만 타지 않는다. 로봇이 오르고, 드론이 내리고, 하늘을 나는 UAM과 연결된다. 현대엘리베이터는 건물의 수직 공간을 넘어, 도시 전체의 이동 방식을 재정의하고 있다."

— RM리서치 최도진, 2025. 9. 22.

엘리베이터는 단순한 수직 운송 수단이 아니다. 인간의 공간을 확장시키는 기술이다. 그 산업의 정점에 현대엘리베이터(017800)가 있다.

동사는 1984년 설립 이후, 40년 가까운 세월 동안 한국의 건축 구조와 도시 성장 속도를 함께 맞춰왔다. 엘리베이터·에스컬레이터·주차설비 제조부터 유지보수까지 아우르는 국내 1위 승강기 전문 기업이며, 신규 설치 점유율 18년 연속 1위, 유지관리 점유율 10년 연속 1위를 지켜왔다.

국내 승강기 시장점유율 1위

단위 : 대, %

신규설치	2024년 2분기	2025년 2분기
타사 합계	8,824	7,213
현대엘리베이터	5,107	3,895
점유율	36.7%	35.1%

유지보수	2024년 2분기	2025년 2분기
타사 합계	656,558	674,744
현대엘리베이터	196,617	202,207
점유율	23.0%	23.1%

1. 국내 건설 경기 침체 속에서도 빛나는 수익 개선

2025년 상반기, 국내 건설 경기는 침체의 그림자를 드리웠다. 분양 지연, 착공 연기, 프로젝트 중단이 잇따랐고, 엘리베이터 신규 설치 수주도 급감했다. 동사의 매출은 일시적으로 위축되었지만, 놀랍게도 영업이익은 오히려 증가했다.

그 이유는 간단했다. 건설 수주가 줄어드는 대신, 설치 이후의 '유지관리' 매출이 꾸준히 늘어난 것이다. 수익성이 높은 유지보수 부문이 매출의 중심으로 이동하면서 동사는 외형 감소 속에서도 이익 구조 재편이 가능했다. 단기 실적보다 더 중요한 변화, '사업 구조의 리밸런싱'이 조용히 진행 중이었다.

2. 도시 재정비와 신사업의 교차점

정부의 1기 신도시 재정비 계획이 가시화되면서 동사는 다시 성장 곡선 위로 올라설 준비를 하고 있다. 분당·일산·평촌 등 노후 주거지 리모델링과 공공주택 확대가 맞물리며 엘리베이터 교체 수요가 본격화될 전망이다.

그러나 현대엘리베이터는 단순히 리모델링 수혜주가 아니다. 동사는 이미 모듈러 엘리베이터를 개발 중이다. 공장에서 완제품 형태로 제작해 현장에 바로 조립할 수 있는 친환경·고속 설치형 모델이다. 설치 기간을 단축하고 유지보수를 자동화함으로써 건설 패러다임의 변화를 선도하고 있다.

또 하나의 신사업은 UAM(Urban Air Mobility) 시대를 겨냥한 'H-Port' 버티포트 솔루션이다. 하늘을 나는 이동체가 현실이 되는 시대, 엘리베이터는 단순한 운송 수단이 아니라 지상과 공중을 연결하는 플랫폼으로 확장되고 있다.

신사업 H-Port 수직 격납형 버티포트 이미지

3. 로봇과 엘리베이터의 만남 - MIRI 플랫폼

동사의 또 다른 혁신은 MIRI API라는 이름의 기술에서 시작된다. 이 시스템은 로봇이 엘리베이터를 '직접 호출하고 탑승할 수 있게' 하는 플랫폼이다. 청소 로봇, 배송 로봇, 보안 로봇이 건물 내를 자유롭게 오가며 엘리베이터와 자동으로 연동되는 구조. 한마디로 '로봇 친화형 엘리베이터'다.

이 기술은 단순한 자동화 솔루션이 아니다. 빌딩 전체를 네트워크화하고, IoT 센서·클라우드·AI 분석을 통합해 '건물의 자율 운영'을 가능하게 하는 핵심 인프라다. 동사는 이제 건물 내 로봇 생태계의 허브 기업으로 진화하고 있다.

동사의 MIRI API 로봇 연동 서비스 개요

· MIRI API 기술 사용 승강기 – 로봇 간 커뮤니케이션
· 자동호출 – 이동을 자유롭게 하여 배송 플랫폼, 배송로봇 간 긴밀히 연결

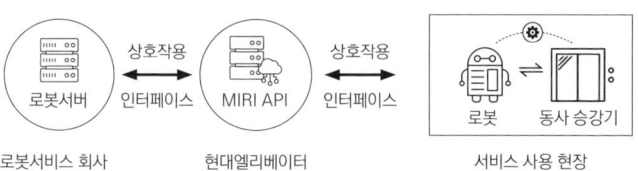

4. 자회사 시너지 – 물류 자동화와 남북 경협

동사의 미래는 계열사와 함께 확장되고 있다. 자회사 현대무벡스는 그룹의 물류 자동화와 디지털 트윈 기술을 담당한다. 대형 유통사와 이커머스 기업들이 '풀필먼트 속도'를 경쟁하는 시대, 현대무벡스는 물류 자동화 설비의 핵심 공급자로 자리 잡았다. AI, 클라우드, 빅데이터를 접목한 솔루션을 통해 건물·물류 시스템·로봇을 하나로 묶는 스마트 인프라 플랫폼 기업으로 성장 중이다.

또 다른 자회사 현대아산은 금강산 관광과 개성공단 사업을 주도했던 유일한 민간 기업으로, 남북 경협이 재개될 경우 즉각적인 수혜가 기대된다. 李 정부의 유화적 대북 기조와 11월 APEC 정상회의를 전후한 국제적 이벤트가 한반도 평화 국면으로 전환될 경우, 현대아산은 사실상

'남북 경제 재개의 관문'이 될 것이다.

Ⅲ. 산일전기 – 분산형 전력망으로 여는 AI 인프라의 미래

"AI의 확장은 결국 전력의 한계 위에서 결정된다. 산일전기는 그 한계를 기술로 극복하며, 에너지 인프라의 새로운 기준을 세우고 있다."

— RM리서치 최도진, 2025. 10. 14.

대한민국의 대표 전력기기 기업, 산일전기(062040)는 이제 단순한 변압기 제조업체가 아니다. AI와 신재생 인프라가 확산되는 시대, 동사는 전력망의 디지털 전환과 에너지 효율 혁신을 이끄는 핵심 인프라 기업으로 진화하고 있다.

1. 글로벌 시장 중심의 성장 구조

동사는 1987년 설립된 전력기기 전문 제조 기업으로, 2024년 코스피에 상장됐다.

2025년 상반기 기준 전체 매출의 약 87%가 수출에서 발생하며, 미국 시장 비중이 75% 이상을 차지한다. 주요 사업 부문은 전력망, 신재생 및 데이터센터용 특수변압기, 기타로 구분되며, 2025년 예상 매출 비중은 각각 36%,

61%, 3%로 추정된다.

　이를 통해 동사가 국내보다 글로벌 시장 중심의 성장 구조를 구축하고 있으며, 신재생 인프라 및 데이터센터 관련 부문을 성장 모멘텀으로 삼고 있다는 것을 확인할 수 있다.

해외 국가별 수출비중 추이

■ 미국　■ 유럽　■ 일본　■ 기타

	2Q24	3Q24	4Q24	1Q25	2Q25
상단	19.7%	17.2%	26.1%	24.6%	14.9%
미국	76.0%	78.2%	68.3%	69.2%	79.5%

2. AI 인프라와 BESS가 이끄는 산업 전환

　AI와 신재생 인프라의 동시 확산은 전력산업의 구조를 근본적으로 바꿔놓고 있다.

　과거 한 곳의 대형 발전소가 전국으로 전력을 공급하던

중앙집중식 발전 체계는, 이제 데이터센터·BESS(배터리 에너지저장장치)·태양광 설비가 지역 단위에서 전력을 생산하고 저장하는 분산형 전력망(Distributed Grid) 으로 빠르게 전환되고 있다.

이러한 변화의 중심에는 전력의 안정성과 효율을 동시에 요구하는 AI 인프라 산업이 있다. AI 서버는 일반 서버 대비 3~4배의 전력을 소비하며, GPU 팜과 클라우드 데이터센터의 확충은 전력 공급망의 구조적 병목을 드러내고 있다.

미국 에너지부(DOE)에 따르면 2024년 기준 데이터센터가 소비한 전력은 美 전체 전력 소비의 5%에 달했으며(2023년 4.4%), 2028년 약 12% 수준까지 확대될 것이라 예상했다. 불과 5년 만에 전력 소비 비중이 2~3배 증가하는 것으로, 산업 전반에서 이를 수용할 전력 인프라 증설 수요가 급증하고 있음을 시사한다. 이에 따라 2025년 2분기 동사의 AI 데이터센터용 및 BESS용 특수변압기 매출이 1분기 대비 두 배 이상 증가했다.

동사는 이 같은 환경 변화 속에서 고효율·고내열 특수변압기와 양방향 전력제어(AC/DC 겸용) 제품군을 중심으로 시장점유율을 높이고 있다.

사업부문별 매출비중 – 신재생/데이터센터 고성장 진행 중

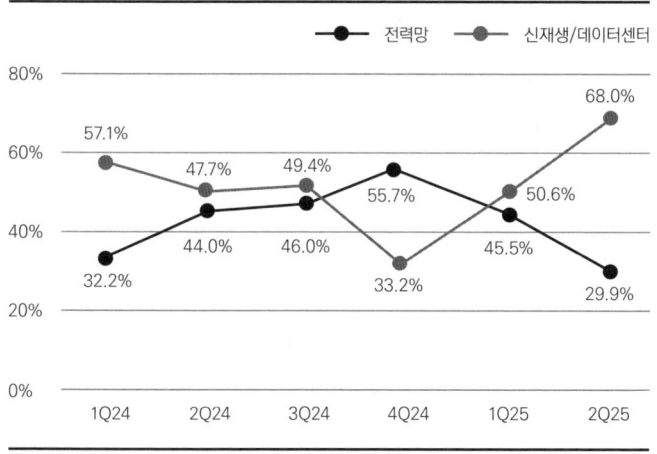

3. 美 노후 전력망 교체 및 전력 효율 향상 수요 확대 중

전력망 부문은 해외 전력 인프라 시장을 타깃으로 하며, 그중에서도 미국 내 배전 및 송전망 교체·확충 수요를 대상으로 하는 산업용 변압기가 주를 이룬다.

동사는 72kV급 이하 배전용 변압기를 중심으로 다양한 전압대별 제품 라인업을 갖추고 있으며, 특히 13.8kV~34.5kV 구간의 중저압급 변압기 매출 비중이 높다. 해당 전압대는 미국 지역 배전망, 산업단지, 상업용 데이터센터 등에서 주로 사용되는 구간으로, 노후 전력망 교체와 전력 효율 향상 수요가 집중되고 있다.

2025년 상반기 기준 전력망 부문 내 지상형(Pad-Mounted) 변압기 비중은 77%에 달하며, 이는 산업용 플랜트·데이터센터·지역 배전설비 등 고용량·고효율 전력 인프라 중심 수요 확대를 반영한다.

반면, 주상형(Utility Pole Type) 변압기 비중은 23% 수준으로 감소했다. 이는 과거 공공 배전용 중심에서 벗어나, 산업 및 상업용 부하가 높은 프리미엄 전력 인프라 시장으로 무게 중심이 이동하고 있다는 것을 의미한다. 2024년 지상형, 주상형 비중은 각각 69%, 31%를 차지했다.

4. 글로벌 밸류에이션을 정당화하는 구조적 성장

동사는 국내외 전력기기 업체들과 비교했을 때 성장성과 수익성 모두 업계 최상위 수준을 기록하고 있다.

2025년 기준 매출액은 전년 대비 50% 이상 증가, 영업이익률은 35%에 달한다. 이는 글로벌 주요 전력기기 업체 평균 성장률 10%, 영업이익률 16% 대비 두 배 이상 높은 수준이다.

이러한 성과는 일시적인 경기 반등이 아니라, 산업 구조의 근본적 변화에 대응한 결과다. 전력망 부문에서 축적된 기술력과 미국 시장 내 데이터센터·BESS 교체 수요가 맞물리며 동사는 글로벌 전력 인프라 밸류체인 내 핵심 기업으로 부상했다.

특히 고효율·고내열 변압기 기술은 경쟁사와의 기술 격차를 유지하며 높은 마진 구조와 밸류에이션 프리미엄을 동시에 가능하게 한다. 따라서 현재 동사 적정주가에 부여되는 PER 30배 수준의 프리미엄 밸류에이션은 단기 실적이 아닌 AI 인프라 확산과 에너지 전환이라는 장기 구조적 변화에 기반한 정당한 평가라 할 수 있다.

글로벌 전력기기 업체 밸류에이션 비교

회사명	시가총액(십억 원)	매출성장률(%)	영업이익률(%)
산일전기	3,395	53.8	35.0
업계 평균	95,252	9.9	15.8
슈나이더 일렉트릭	226,000	6.3	17.6
이튼	195,000	10.5	19.6
ABB	186,700	6.1	17.6
미쯔비시 일렉트릭	77,100	5.0	7.5
허벨	30,400	4.2	22.2
HD현대일렉트릭	23,791	22.0	22.3
효성중공업	13,968	15.3	10.5
LS ELECTRIC	9,060	9.9	8.9

23장

코스피 5,000 시대, 새로운 10년을 향하여

2026년 하반기, 한국거래소.

"지금부터 코스피 5,000 포인트 달성 기념식 및 대한민국 자본시장 비전 선포식을 시작하겠습니다. 오늘 이 자리는 기업인과 투자자, 그리고 국민이 함께 만들어 낸 경제사의 새로운 이정표를 기념하기 위한 자리입니다. 지난 수십년 동안 수많은 위기를 극복하며 세계 10위권 경제로 도약한 대한민국이, 이제 코스피 5,000 시대를 열며 또 한 번의 도전을 시작합니다. 대통령의 말씀을 청해 듣겠습니다."

"존경하는 기업인 여러분, 그리고 투자자 여러분. 오늘 우리는 대한민국 자본시장의 새로운 역사를 함께 목도하고 있습니다. 코스피 5,000 시대의 개막, 이것은 단순한 숫자의 상승이 아닙니다. 그것은 대한민국의 산업 구조가, 기업의 경쟁력이, 그리고 국민의 자본 인식이 근본적으로 변화했다는 선언이자 약속입니다.

지난 10년, 우리는 수많은 위기와 변곡점을 지나왔습니다. 팬데믹, 공급망 붕괴, 지정학적 갈등, 정치적 불안, 그리고 금리, 환율의 변동성 확대 속에서도 대한민국은 결코 주저앉지 않았습니다. 그 과정에서 우리는 산업의 본질을 재정의했고, 국가 경제의 엔진을 다시 설계했습니다.

첫째, 산업의 힘으로 만들어낸 새로운 시대가 열렸습니다.

우리가 이룩한 5,000포인트의 배경에는 반도체, 방산, 조선이라는 세 축이 있습니다.

반도체는 세계 AI 산업의 중추로 자리 잡으며, 데이터와 연산의 시대에 대한민국을 기술 강국으로 끌어올렸습니다. 방위산업은 더 이상 안보의 상징에 머물지 않습니다. 이제는 수출과 기술 융합의 선봉으로서, 국가의 안보와 경제를 동시에 지탱하는 '두 개의 심장'이 되었습니다. 조선 산업은 세계를 향해 다시 닻을 올렸습니다. 친환경·스마트 조선으로의 전환은, 우리 기술력의 저력이 여전히 살아 있음을 증명하고 있습니다.

그리고, 음식료·화장품·엔터테인먼트 산업은 한국의 문화와 라이프스타일을 세계로 수출하며 'K-브랜드'라는 새로운 경제 자산을 창출했습니다.

이제 우리의 산업은 더 이상 제조업에만 머물지 않습니다. 그것은 문화와 기술, 창의력과 데이터가 결합된 복합산업의 시대로 진입했습니다.

둘째, 다가올 10년은 AI와 로봇, 금융혁신이 이끄는 미래가 될 것입니다.

앞으로의 10년은 인공지능과 로봇, 그리고 금융혁신이 대한민국 경제를 다시 한번 세계의 중심으로 이끌 것입니다.

AI는 더 이상 산업의 일부가 아닙니다. 모든 산업의 신경망이자, 국가 경쟁력을 결정짓는 지능 인프라입니다. AI는 공장에서 생산성을 혁신하고, 병원에서 의료를 정밀화하며, 금융시장에서 효율과 투명성을 확장시킬 것입니다. AI와 데이터를 기반으로 한 지능형 자본시장이 우리의 다음 도약을 이끌 것입니다.

로봇산업은 인간의 한계를 확장하는 새로운 동력이 될 것입니다. 산업용 로봇은 생산의 자동화를 넘어 인간과 협업하는 동반자로 진화하고 있으며, 서비스 로봇은 고령화 사회의 새로운 복지 인프라가 될 것입니다. 피지컬 AI가 산업 전반에 도입되며, 대한민국의 제조업 패러다임을 완전히 바꿔놓을 것입니다.

금융산업 또한 변화하고 있습니다. AI 기반 운용, 디지털 자산, 블록체인 신탁, 그리고 초개인화된 투자자문 서비스는 '자본의 민주화'를 실현할 것입니다. 앞으로의 금융은 단순한 자금의 이동이 아니라, 데이터와 신뢰를 중심으로 한 가치의 순환 시스템이 될 것입니다.

셋째, 한반도의 미래는 유라시아로 향하는 길이 될 것입니다.

대한민국의 경제는 이제 더 이상 '섬의 경제'가 아닙니다. 우리는 한반도를 넘어 대륙으로 나아가는 시대적 전환점에 서 있습니다. 한반도의 평화 정착과 북한의 점진적 개방은 국가 경제의 단절을 복원하고, 유라시아로 향하는 육로의 출발점이 될 것입니다.

서울에서 출발한 철도가 평양을 거쳐 중국·러시아를 지나 유럽의 베를린과 파리로 이어지는 그날, 우리의 물류·에너지·자본은 새로운 차원의 흐름을 맞이할 것입니다. '한반도 종단철도'와 '시베리아 횡단철도'의 연결은 우리나라의 수출입 구조를 바꾸는 혁신이자, 대한민국 제조업의 생명선을 확장하는 역할을 할 것입니다. 부산항은 유라시아 물류의 종착지이자 시작점으로 거듭날 것이며, 동해와 서해는 더 이상 국경이 아니라 경제의 바다가 될 것입니다.

또한 가스와 전력망을 연결하는 동북아 에너지 그리드 구축은 한반도의 에너지 자립도를 높이고, 탄소중립 시대에 새로운 협력 모델을 제시할 것입니다.

러시아의 자원과 중국의 인프라, 한국의 기술이 하나의 벨트로 이어질 때, 우리는 동북아 에너지 허브의 중심국가로 우뚝 설 것입니다. 한반도의 개방은 정치적 사건이 아니라 경제사의 새로운 장(章)이 될 것입니다. 유라시아로 뻗어가는 이 길은 대한민국이 '세계의 공장'을 넘어 '세계 공급망의 중심'이 되고, '수출국'을 넘어 '플랫폼 국가'로 도약하는 길이 될 것입니다.

넷째, 기업의 성장과 투자자의 신뢰가 만드는 시장이 열릴 것입니다.

기업인 여러분, 대한민국 자본시장은 지금 '양적 성장'에서 '질적 신뢰'의 단계로 넘어가고 있습니다. 주가가 오르는 것은 결과일 뿐, 그 기초에는 지속 가능한 성장 구조와 투명한 지배구조, 그리고 투자자에 대한 신뢰의 축적이 있습니다.

이제 우리는 '정책 주도형 시장'에서 '기업 중심 시장'으로 전환해야 합니다. 정책은 시장을 지시하는 것이 아니라, 기업이 성장할 토양을 조성하는 역할을 해야 합니다.

정부는 예측 가능한 규제 환경을 만들고, 기업은 ESG 경영과 혁신을 통해 투자자의 신뢰를 얻어야 합니다. 투자자는 단기적인 수익이 아니라, 기업의 장기적 비전과 사회적 가치를 공유해야 합니다. 그것이 자본시장의 선순환이며, '신뢰의 프리미엄'이 주가에 반영되는 진정한 가치상승의 구조입니다.

대한민국은 이제 배당·자사주·거버넌스 개혁을 통해 글로벌 스탠더드에 부합하는 투자 환경을 조성하고 있습니다. 주주환원율은 기업의 의무가 아닌 자본과의 약속이 될 것이며, 거래소는 단순한 시장조성자가 아니라 지수의 공정성과 시장의 신뢰를 지켜내는 자본시장의 기준점으로 기능할 것입니다. 시장은 신뢰로 움직이고, 신뢰는 기업과 투자자가 함께 만들어가는 가장 강력한 자산입니다.

다섯째, 다시 새로운 10년을 향하여 뛸 것입니다.

이제 코스피 5,000의 시대는 하나의 도착점이 아니라 대한민국 자본시장의 재도약을 알리는 신호탄입니다.

다가올 10년, 우리는 다시 묻습니다. '무엇이 우리를 성장시킬 것인가?' 그 답은 기술과 자본, 그리고 사람에 있습니다.

AI는 산업의 뇌가 되고, 로봇은 손과 발이 되며, 금융은 혈관이 되어 국가 전체를 순환시킬 것입니다. AI가 데이터를 통해 새로운 산업의 언어를 쓰고, 로봇이 사람의 노동을 대신해 인간의 시간을 확장하며, 금융이 이 모든 가치를 연결해 지속 가능한 부의 생태계를 만들어낼 것입니다.

이제 대한민국은 '수출의 나라'에서 '혁신의 나라'로, '성장의 나라'에서 '기회를 나누는 나라'로 나아갑니다. 그 중심에는 기업가 정신, 기술 혁신, 자본시장 개방이라는 세 가지 축이 자리할 것입니다.

거래소는 그 여정을 함께할 국가 성장의 플랫폼으로서, 기업과 투자자, 정부가 함께 만드는 대한민국 경제의 새로운 심장이 될 것입니다.

오늘 우리는 선언합니다. '코스피 5,000 시대, 대한민국은 이제 새로운 10년을 향해 나아간다.'

반도체에서 시작된 기술의 불빛이, 자본시장에 번지고, 한반도를 넘어 유라시아 대륙으로 뻗어나갈 것이다. 그리고 그 길 위에, 우리는 기업의 혁신, 투자자의 신뢰, 국민의 자부심으로 새로운 경제의 역사를 다시 쓸 것입니다. 감사합니다."

세력자들

초판 1쇄 발행 2025년 12월 31일

지 은 이   최성환
펴 낸 이   김동하

마 케 팅   이승민
디 자 인   김수지
펴 낸 곳   책들의정원
출판신고   2015년 1월 14일 제2016-000120호
주   소   (10881) 경기도 파주시 산남로 5-86
문   의   (070) 7853-8600
팩   스   (02) 6020-8601
이 메 일   books-garden1@naver.com

ISBN   979-11-6416-265-9 (03810)